Lisa Huber · Eins vom Andern

LISA HUBER
Eins vom Andern

Gedruckt mit freundlicher Unterstützung von:

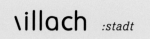

BUNDESKANZLERAMT ⫶ ÖSTERREICH
KUNST

Ganz besonders herzlichen Dank an:

meinen Mentor U.F
meinen Helfern Helmi Bacher, Doris Engl, Elisabeth Faller, Maria Fedorow
mein Handmodell, Carola Göllner, Reinhilde Hört Hehemann,
Christa Heindl, Josef Huber, Rosemarie Sereinig-Huber,
Christine Isepp, Nadja Brugger-Isopp, Herta Jenul, Cilli Regouz,
Gisela Schlaminger, Dietlinde Stromberger, Veronika Wunsch,
an meinen Assistenten Gottfried Übele und an alle meine Freunde,
die mir immer zur Seite stehen.

Fotos:

Bernd Borchardt, Berlin

Ferdinand Neumüller, Klagenfurt (Jon Sass)

Ragnhild Land, Rodenbach/D (Aufbau der Antonius-Stele in Gmünd)

Lektorat:

Georg Mitsche

Grafik:

Mark Duran

ISBN 978-3-85415-529-4

INHALT

Fächer, 2009, Scherenschnitt, Pastell/Aquarell/
Büttenpapier, 200 x 80 cm, Unikat

Lisa Huber. Eine außergewöhnliche Position im zeitgenössischen Kunstbetrieb

Lisa Huber hat in den vergangenen drei Jahrzehnten ein umfangreiches, heterogenes Œuvre entwickelt, das grundlegend auf dem Material Papier beruht und in dem sie sich schwerpunktmäßig mit unterschiedlichen Schneide- und mit grafischen Techniken, zentral mit jener des Holzschnittes, auseinandersetzt. Dazu kommen Arbeiten für den öffentlichen Raum in Glas und Textil – Kirchenfenster, Stelen und Fastentücher – sowie Metallskulpturen. Inhaltlich widmet sich die Künstlerin eingehend der Beschäftigung mit Psalmen, mit den Schriften des Alten und des Neuen Testamentes und mit mittelalterlicher Dichtung, z. B. von Sebastian Brant (Straßburg, 1457-1521), mit religiöser und profaner Literatur. Davon ausgehend, entstehen vielfältige Werkserien, die sich entweder thematisch oder aber über technisch-methodische Zusammenhänge erschließen lassen. Die unterschiedlichen Werkzyklen ergeben sich aufgrund der wechselnden Themen, die jeweils in erzählerischen Bildfolgen abgehandelt werden. Dazu eignet sich insbesondere die Technik des Holzschnittes, die innerhalb des künstlerischen Schaffens von Lisa Huber einen besonderen Stellenwert hat.

Die hervorragende Meisterschaft der Künstlerin auf diesem Gebiet, die sie sich Dank eines DAAD Arbeitsstipendiums in Berlin (1990/91) mit Hilfe der ihr dort zur Verfügung stehenden Möglichkeiten der Bildhauerwerkstatt Osloerstraße aneignen konnte, zeigt sich vor allem in der herausfordernden, technisch äußerst aufwändigen und körperlich erschöpfenden Ausführung eines überdimensionalen Formates (im Ausmaß von bis zu 2 x 5 Meter großen Holzstöcken). Für diese ungewöhnliche Produktionsweise hat die Künstlerin das traditionelle Druckverfahren ihren Bedürfnissen entsprechend, speziell modifiziert: der geschnittene und mit Ölfarbe eingefärbte Stock wird nicht auf den Bildträger aufgesetzt, sondern er liegt vielmehr in der Horizontalen mit der Schnittfläche nach oben. Darauf wird der Bildträger, entweder Papier oder Stoff, gelegt. Die Farbe wird manuell, Zentimeter für Zentimeter, durch feines Durchreiben vom Druckstock auf

das Bildmaterial übertragen. Außergewöhnlich ist auch, dass sämtliche Farbtöne zugleich auf einen Stock aufgetragen werden, sodass nur einmal und nicht in mehreren Durchgängen hintereinander „gedruckt" wird. Das Ergebnis dieser spezifischen Drucktechnik ist ein malerischer Effekt, der die Grafik unmittelbar mit der Malerei verbindet. Wenige bis gar keine Auflagen machen die Werke quasi zu exklusiven Unikaten.

Charakterisiert sind Lisa Hubers Holzschnitte (sowie die Glasarbeiten) durch eine intensive, bunte Farbigkeit und durch prägnante Formen, klar umrissen und in sich wenig differenziert, durch einen flachen, nicht näher bestimmten Bildraum, eine deutliche Bildsprache beinah' naiver Einfachheit, die die expressive Ausdrucksstärke der Werke bedingt, die herkömmlich dem Verfahren des Holzschnittes voll und ganz entspricht. Typisch ist ein begrenzter Bildausschnitt, in dem das Motiv nahe fokussiert, fragmentarisch und auf seine aussagekräftigen Merkmale hin reduziert erscheint. Die einzelnen Bilder der Erzählung sind nur in (wesentlichen) Details wiedergegeben, die Betrachtenden sind aufgerufen, diese imaginativ zu ergänzen.

Grundlegend für Lisa Hubers Schaffen sind Themen, die sich auf den Menschen und sein Dasein, seine Existenz beziehen. In diesem Zusammenhang entstehen auch Zyklen, die nicht durch die biblischen Schriften inspiriert sind. Die Künstlerin entwirft Holzschnittserien säkularer Thematiken wie den monumentalen „Totentanz" (1996/97) – ein bedeutendes Thema der narrativen, holzschnittgenerierten „Blockbücher" des 15. Jahrhunderts –, „Das Narrenschiff" (2001) nach Sebastian Brants Erzählung von 1494, „Schlaraffenland" (2002/03) oder „Liebespaare" (2004); dann auch Messerschnitte, u. a. nach historischen Vorbildern – nach Malereien, von denen Lisa Huber während eines Stipendien-Aufenthaltes in Paris im Louvre beeindruckt wurde, wie etwa „Die Salbung Napoléons I. und Krönung der Kaiserin Josefine" (1806/07) von Jaques-Louis David –; oder etwa ein umfangreiches Bestiarium, auch mit vielen exotischen

Tieren, in Papierschnitt-Technik nach Conrad Gesners (Zürich, 1516-65) „Thierbuch" (seit 1997) – eine naturwissenschaftliche Vorlage der modernen Zoologie, die bis ins 20. Jahrhundert Gültigkeit hatte, die die Künstlerin im Stift Admont im Original studieren konnte (Vieles daraus, insbesondere die Fabelwesen, sind allegorisch wiederum mit der christlichen Heilslehre verbunden) – und davor einen „Nashorn-Zyklus" in Anlehnung an Albrecht Dürers berühmten Rhinocerus-Holzschnitt von 1515, dessen sich auch Conrad Gesner für seine Publikationen bedient hat und der im europäischen Raum bis ins 18. Jahrhundert vorbildhaft war und selbst noch Künstler der Moderne, wie Salvador Dalí, angeregt hat.

Die Messerschnitte spiegeln die formalen Eigenschaften der Holzschnitte wider, besonders das lineare Gepräge, die Betonung der Kontur. Das mag an der Verwandtschaft der Schneidetechniken liegen – ausgeführt das eine Mal in den Block, das andere Mal direkt ins Papier –, die dasselbe Ergebnis zeitigen – einmal im Positiv- und das andere Mal im Negativverfahren.
Die Papierschnitte hingegen, die mit der Schere vollzogen werden, mit der Teile aus dem Papier ausgeschnitten werden, um damit den Darstellungsgegenstand in Schichten räumlich am Bildgrund aufzubauen, rücken die Struktur und die Körperlichkeit der Figuren stärker in den Mittelpunkt. Gemeint ist damit jedoch nicht eine naturgetreue Wiedergabe, sondern wiederum eine Beschränkung auf die ornamentale Rückführung der Oberflächeneigenschaften – unterstützt durch die Semitransparenz der verwendeten Wachspapiere, ihre Schichtung und die dermaßen erzeugten Schattenwirkungen.

Lisa Huber wendet sich gerne historischen Stoffen zu und stellt sich hier nicht nur auf der technischen sondern auch auf der inhaltlichen Ebene in eine altmeisterliche kunstgeschichtliche Tradition großer Vorbilder, denen sie mit neuen, frischen Ideen, Erfindungen und Bildfindungen begegnet. Sie knüpft an das tradierte Erbe an, belebt es wieder und führt es weiter.

Die intensive und konzentrierte Beschäftigung mit den biblischen Inhalten ist für eine zeitgenössische Künstlerin äußerst ungewöhnlich. Lisa Huber hat dieses Feld nicht bewusst gewählt, sondern sie ist vielmehr in diese Thematik „hineingewachsen" – sie hat sie nicht mehr losgelassen. Die Künstlerin hat hier einen Stoff gefunden,

der zweifellos zu den „großen Themen" der Kunst zählt, der historisch aufs Engste mit der Kunst verknüpft ist und der die Grundlage der abendländischen Kultur schlechthin darstellt.

Die christliche Ikonografie hat über Jahrhunderte die abendländische Kunst bestimmt. Heute sind diese Inhalte und ihre Bilder, ihre Typen und Symbole, beinahe gänzlich aus dem allgemeinen Bewusstsein aber auch aus dem künstlerischen Denken und Arbeiten verschwunden. Die Themen der aktuellen westlichen Kunst haben, selbst wenn sie spirituell angelegt sind, meist nichts mit den religiösen Schriften und der althergebrachten Motivik zu tun. Die bildende Kunst bezieht ihre Gegenstände heute aus weltlichen Zusammenhängen, die die Ausrichtung einer diesseitigen, materiell orientierten Gesellschaft spiegeln.
Lisa Huber wendet sich, wenn sie sich mit den testamentarischen Berichten und der historischen Literatur beschäftigt, jedoch nicht vom Heute ab. Sie entzieht sich nicht den gegenwärtig brisanten Fragestellungen, sondern sie hat vielmehr abseits der uns überflutenden tagespolitischen Problematiken einen Weg gefunden, sich indirekt – über Umwege sozusagen – diesen Sachverhalten anzunähern. In dem sie auf philosophisch-theologische Weise allgemeine Fragen des menschlichen Seins und Handelns ergründet, wird sie schlussendlich wieder zu den aktuellen Problemstellungen des modernen Lebens zurückgeführt.

Zugleich schließt die Künstlerin mit ihrer Arbeit an eine klassische Aufgabenstellung an, die die Kunstschaffenden über Jahrhunderte hinweg inne hatten, die Vermittlung religiöser Gehalte durch entsprechende bildnerische Werke im Dienste der Kirche. Lisa Huber geht jedoch über die konventionelle Auftragsnahme und die herkömmliche darstellerische Übersetzungsleistung hinaus, indem sie zum Einen nicht einfach auf einen vorformulierten Bilderschatz bzw. auf vorgeprägte Typen, die sie zitiert, unreflektiert zurückgreift und zum Anderen indem sie nicht in der bloßen bildlich-narrativen Wiedergabe verharrt. Die Künstlerin erfindet mit Hilfe heutiger künstlerischer Mittel selbst neue, moderne Typen und Muster und entwickelt eine originäre visuelle Diktion mit individuellen Kürzeln, die innerhalb ihres Schaffens immer wieder neu dekliniert werden. Diese verbindet sie zu einer erzählenden Bildsprache mit subjektiver, zeitgenössischer Symbolik, die religiöse (und andere) Inhalte lesbar macht ohne den historischen Code der christlichen Ikonografie zwingend anzuwenden.

Zentrale Elemente ihres Vokabulariums sind – neben unterschiedlichen Gegenständen, Gewändern – häufig stofflich charakterisiert und ornamental ausformuliert –, Pflanzen, Attributen und Insignien, verschiedene Gesten der Extremitäten, der Hände sowie der Füße, die beide gleichermaßen als Zeichen einer nonverbalen Kommunikation, von psychischem und physischem Ausdruck, begriffen werden. Im Bild sind sie Stellvertreter der einzelnen Protagonisten wie insgesamt des Geschehens. Sie sind Bedeutungsträger, zeigen Abläufe und Ereignisse an, verweisen auf Essentielles, suggerieren Gefühle, offenbaren Verhältnisse. Sie sind die Werkzeuge der Handlung, die sie veranschaulichen. Und sie sind der zeichenhafte Ausdruck des gesprochenen Wortes – des Wortes, das im religiösen Kontext besondere Bedeutung hat, das unmittelbar auf Jesus Christus, dem fleischgewordenen Wort Gottes, hinweist. Die formalen Spezifika, das Fragmentarische, die stilistische Reduktion bis auf das Signifikante, das Zeichenhafte, das Serielle, entsprechen unseren modernen Bildwelten und Wahrnehmungsgewohnheiten. Die Inhalte sind allgemein einfach interpretativ und assoziativ endschlüsselbar.

In der jüngsten Schaffensperiode hat Lisa Huber nicht nur den Schritt ins Textile gesetzt, sondern zugleich hat sie ihre Bildsujets in einem weiteren Abstraktionsprozess, der auf der formalen Ebene vonstatten geht und in dem auch die Farbe weitestgehend eliminiert wird, zu einer persönlichen Zeichenschrift stilisiert, die wie eine moderne Emblematik funktioniert. Die Beschränkung auf die zwei Nichtfarben Schwarz und Weiß und die Minimalisierung der bildlichen Konstruktion auf wenige, elementare, sinnbildliche Formen wird zuerst in Papierschnitten vollzogen, in denen die Künstlerin filigrane Zeichen aus schwarzen Bögen schneidet und diese, wie klassische Scherenschnitte, illusionistisch und schattenwirksam vor den weißen Grund stellt. Im jüngsten Werkblock, in liturgischen Tüchern, werden ebensolche schwarzen Kürzel samt ihren Schlagschatten in Grau, die den Figuren Plastizität verleihen, auf weißen Stoff gestickt. Zu einer Abfolge, Bild an Bild gestellt, schließen sie sich in einer grafischen Reihe und inhaltlich zu einer Geschichte zusammen.

Auch hier verfolgt Lisa Huber in der Bildherstellung eine evokative Strategie. Die Darstellungen beruhen auf literarischen Psalmen, deren Gehalte in der Vorstellung der Künstlerin assoziative Bilder erzeugen, die dann in selektiven Bruchstücken, isoliert und schemenhaft, bildnerisch übersetzt werden. So entstehen Piktogramme, vereinfachte grafische Ausführungen, und Graphismen, die zwischen Bild und Schrift angesiedelt sind, Vorläufer einer ausformulierten Schrift. Durch die serielle Anordnung werden sie als Schriftzeichen wahrgenommen, die wie die abstrakten Zeichen und Bilder von Hieroglyphen gedanklich verbunden und gelesen werden können.
Das Ornamentale, das bereits in den Holz- und Papierschnitten von Lisa Huber grundgelegt ist, tritt hier ob des höheren Abstraktionsgrades noch stärker hervor, die symbolische Funktion ist aufgrund des mehr und mehr verschwindenden illustrativen, veranschaulichenden Vermögens noch konkreter evident.
Nun reicht nicht mehr die Kenntnis der schriftlichen Quelle im Allgemeinen, um die Inhalte zugänglich zu machen, sondern die Darstellungen sind ohne die konkreten Hinweise der Künstlerin bzw. die genaue Kenntnis ihrer bildnerischen Sprache nicht mehr ohne Weiteres dechiffrierbar. Andererseits ist dies nicht unbedingt notwendig, um das Werk zu begreifen.

Der Reichtum der Arbeit, der dichte Gehalt und das Konzentrat der stringenten Entwicklung vermitteln sich in der Anschauung und verbinden sich mit der hervorragenden Qualität der handwerklichen Ausführung, dem empfindsamen Blick auf die Dinge, der Liebe zur eigenen Arbeit und dem außerordentlichen Engagement, dem mühseligen, rituell-erschöpfenden, geradezu meditativen, körperlichen Einsatz der Künstlerin, zu einem beeindruckenden und ergreifenden Werk, das in jeder Hinsicht die Erfordernisse einer würdigen, zeitgenössischen künstlerischen Arbeit im Dienste eines religiösen Auftrages erfüllt sowie den gegenwärtigen künstlerischen Ansprüchen genügt, und das in idealer Weise vermag, die religiösen Inhalte in einer Sprache zu formulieren, die einer modernen Gesellschaft entspricht.

CHRISTINE WETZLINGER-GRUNDNIG
Kunsthistorikerin, Direktorin MMKK (Museum Moderner Kunst Kärnten)

139 Psalm, 2011, Kirchenfenster,
evangelische Kirche Fresach (Kärnten), Glas, 400 x 100 cm   10

Wunderbar sind deine Werke. Gedanken zu den Glasfenstern
von Lisa Huber in der evangelischen Kirche in Fresach.

In einem der Gedichte Paul Celans aus dem Zyklus „Sprachgitter" erzählt er von einem Wort, das durch die Nacht kommt und leuchten möchte. In einem Rhythmus, der fast wie ein Stottern klingt, wird die Ankunft dieses Wortes beschrieben. Es ist ein zögerndes Voranschreiten.

kam, kam.
kam ein Wort, kam
kam durch die Nacht,
wollt leuchten, wollt leuchten

Ein Wort auf Herbergssuche. Ein Wort, das ankommen und ins Herz treffen möchte. Ein Wort, das die Dunkelheit durchbrechen und in uns, ja uns selber zum Leuchten bringen möchte. Wo ist eine Tür offen, für diesen sanften und verletzlichen Gast? Der Dichter gibt im Fortgang des Gedichts die Antwort:

zum
aug geh, zum feuchten.

Das vor Freude und Glück, aber auch das vor Traurigkeit und Leid weinende Auge ist also eine offene Tür für das Wort, das leuchten will. Nicht alle, aber viele Worte der Heiligen Schrift sind solche sanften, wohltuenden, ermutigenden Worte, die das Dunkel durchbrechen. Worte, die wie ein Licht aufleuchten und eine neue Perspektive möglich machen. Manchmal braucht es Hilfe, um diese Worte zum Leuchten zu bringen. Nicht nur das tränende Auge, sondern auch die Musik und die bildende Kunst ist so ein Tor.

Lisa Huber hat für die Gestaltung der drei großen Kirchenfenster für die evangelische Kirche in Fresach den 139. Psalm zugrunde gelegt. Ein Psalm, der in seiner Ausdruckskraft und in seiner Bildsprache davon erzählt, dass Gott uns von allen Seiten umgibt und seine schützende Hand über unser Leben hält. Unser Leben, zwischen Geburt und Tod, ist geborgen und getragen von

Gottes Gegenwart und Zuwendung. Wir wissen, es gibt viel Leid, Schmerz und Unrecht in der Welt, und unser Leben ist manchmal wie eine Achterbahn unterschiedlicher Gefühle, Erfahrungen und Ereignisse. Was immer aber geschieht, auf Gott können und sollen wir vertrauen. Der Psalmist stärkt unser Selbstvertrauen, denn er ruft in Erinnerung, dass wir wunderbar gemacht sind. Jede und jeder von uns ist einzigartig und einmalig. Wie Flügel der Morgenröte, so strahlen und wirken die Fenster von Lisa Huber. Es ist ihr in eindrucksvoller Weise gelungen, die Poesie, die Dynamik und Kraft der Botschaft des Psalmisten in Szene zu setzen.

Lisa Huber hat sich auf die Worte des 139. Psalms eingelassen. Sie hat diese Worte aufgenommen und sie mit ihren eindrucksvollen Bildern zum Leuchten gebracht. Sie hat die Übersetzung von Martin Buber und Franz Rosenzweig gewählt. Das Hebräische wird von rechts nach links gelesen, deshalb sind auch die Fenster von rechts nach links zu lesen.

MITTLERES FENSTER

Ich möchte trotzdem mit dem mittleren Fenster beginnen. „Von allen Seiten umgibst du mich und hältst deine Hand über mir. Du erforschest mich. Du kennst mich."
Ein Mantel in leuchtendem Rot ist zu sehen. Ein Mantel in der Farbe der Liebe, aber auch in der Farbe des Heiligen Geistes, in der Farbe der Begeisterung, der Inspiration. Ein Urvertrauen und eine tiefe Zuversicht sind für mich angesprochen. Gottes Gegenwart, Gottes heilender und inspirierender Geist umhüllt uns, wie dieser Mantel. Er umweht uns. Er kleidet uns in Würde. Er schont und schützt uns. Ein Mantel, der nicht nur vor Kälte und vor Hitze schützt, sondern ein Mantel, der auch vor Argwohn und Aggression schützt. Ein Mantel, der uns Kraft gibt, wenn wir müde geworden sind. Jede und jeder kennt die Erfahrung eines Schüttelfrosts. Wenn wir plötzlich am ganzen Leib zu zittern beginnen, weil wir Angst haben,

S. 12 – 15: *139 Psalm*, 2011, Holzschnitte, Handabzug, Öl/Büttenpapier, Blattformat je 238 x 116 cm,
Stockformate je 206 x 84 cm, Auflage je 3 + 1 E/A

weil wir überfordert sind, weil wir aus dem Gleichgewicht geraten sind. In solchen Momenten tut es gut, wenn uns jemand umarmt, einen Mantel, eine Decke oder seine Arme umlegt, uns an sich drückt und wärmt. Betrachtenden wird die Innenseite des Mantels zugedreht, die acht Handpaare erkennen lässt.

Hier wird dem Schauenden vor Augen gemalt, auf welch vielfältige Weise Gottes Hände um uns bemüht sind. Auffallend für mich ist, dass die Hände sehr behutsam und zart miteinander umgehen. Sie sind vorsichtig tastend, antippend, ja manchmal wirken die Berührungen nahezu spielerisch werbend. Selbst die bildhafte Übersetzung von Martin Bubers Formulierung „du legst auf mich deine Faust" wirkt nicht bedrohlich, sondern wie ein Anpochen, ein Anklopfen, mit dem Gott auf sein Wirken aufmerksam machen will. Das Händepaar darunter zeigt uns den Lebensbeginn, der einem Garn gleicht, das von den schützenden Händen ganz sanft umwoben scheint: „Mein Kern war dir nicht vorhohlen, als ich wurde gemacht im Verborgenen." (übersetzt M. Buber)

Hände spielen im gesamten Œuvre von Lisa Huber eine sehr zentrale Rolle. Es sind zarte, behutsame, tastende, einfühlsame Hände. Es sind Hände, die Respekt zum Ausdruck bringen, besonders auch die Hände Gottes, die Hände von Christus im rechten Bild. Wie gehen wir mit unseren Händen um? Wie handeln wir im Leben? Wie setzen wir unsere Hände, unseren Verstand, unsere Gefühle ein? Respektvoll, behutsam, herantastend, neugierig forschend? Gebrauchen wir unsere Hände schöpferisch, versöhnend, tröstend? Wann sind unsere Hände zärtlich, aufrichtend, wann sind sie verletzend, ja vielleicht sogar gewalttätig, zerstörerisch? Fragen, die anklingen, auch wenn die grazilen, fragilen, feinen, spielerischen Hände, die zu sehen sind, den Fokus auf die schöpferischen, versöhnlichen und verheißungsvollen Möglichkeiten unseres Lebens und Handelns legen und Positives evozieren.

Um dieses zentrale Mittelfenster mit den wunderbar wirkenden Händen Gottes schließen sich mit den Fenstern zur Rechten und Linken die Gedanken an, dass kein Mensch aus diesem wohlwollenden Begleitet-Sein herausfallen kann.

RECHTES FENSTER

„Bettete ich mich bei den Toten, siehe, so bist du auch da." Wir sehen das Kreuz, das Meer und nackte Füße. Vom unteren Bildrand züngeln kleine Flammen auf, aber es kommt keine bedrohliche, beängstigende Verlassenheitsstimmung auf. In das Schattenreich hinein strecken sich vom äußeren Bildrand die helfenden und aufrichtenden Hände Gottes dem Wandernden entgegen. Wessen Füße sehen wir? Ich nehme an, es sind die Füße des Beters und Schreibers unseres Psalms. Aber auch wir sind gemeint, denn wir sind nur Gast auf dieser Erde. Es kommt der Tag und die Stunde, da unsere irdische Wanderschaft zu Ende geht, und wir den Tod schmecken werden. Tod und Sterblichkeit, Kreuz und Leid sind Teil unseres Lebens. Seit Karfreitag versuchen wir zu verstehen, dass Gott selber den Weg des Leidens und Sterbens gegangen ist, dass er im Leiden gegenwärtig ist und dass er dieses Leiden am Ostermorgen überwunden hat.

Eigentlich schwebt die Figur bereits, und ich sehe den Hinweis auf die Verheißung unseres Glaubens, dass Kreuz und Leid nicht das Letzte sind, sondern dass wir auch im Tod und danach aufgehoben und getragen werden von Gott durch Christus.

LINKES FENSTER

„Nähme ich Flügel der Morgenröte und bliebe am äußersten Meer, so würde auch dort deine Hand mich halten." Das linke Fenster zeigt uns die andere Seite des Weges – nicht zum Tod, sondern ins volle Leben, überallhin. Der Wandernde hat den Versuch unternommen, die ganze Welt zu durchreisen. Die Flügel der Morgenröte, in zarte Pastellfarben getaucht, haben ihm geholfen, bis ans äußerste Meer zu gelangen. Und auch hier findet sich der Mensch nicht allein auf sich gestellt: Gott ist auch hier, in der äußersten Gegend! Er sitzt in gelassener Ruhe und lässt sich finden. Gelöst, entspannt, zuversichtlich erscheinen mir die Figuren. Auch die Farben des Kleides des Engels, das Leuchten der Sonne, das Glitzern des Meeres strahlen Hoffnung und Zuversicht aus.

Von den Glasfenstern geht eine besondere Ruhe und Kraft aus, man spürt die Dichte in den Bildern. Die Fenster sind nicht nur ein Blick-Fang, sondern ein „Gedanken-Fang": man setzt sich unwillkürlich mit ihnen auseinander, ist angesprochen, angefragt, angeregt von den Darstellungen.

kam, kam
kam ein wort, kam
kam durch die nacht
wollt leuchten, wollt leuchten
zum
aug geh, zum feuchten.

Ich bin überzeugt, dass die Fenster von Lisa Huber in die Herzen vieler hineinleuchten. Wer dieses Licht spürt und erkennt, wer den Worten des Psalms und Bildern der Künstlerin Glauben schenkt, der wird nicht unberührt bleiben, sondern die Hoffnung, die Kraft der Botschaft spüren, dass wir wunderbar gemacht sind, dass wir umgeben, getragen und beschützt sind von Gottes Gegenwart, dass wir immer wieder verwandelt werden von der belebende Kraft des Heiligen Geistes, dass wir immer wieder berührt und inspiriert werden von der Kreativität und Ausdruckskraft des Schaffens von Lisa Huber.

S. 17 – 21: *39 Psalm*, 2011, Kirchenfenster, evangelische Kirche Fresach (Kärnten), Glas, 400 x 100 cm

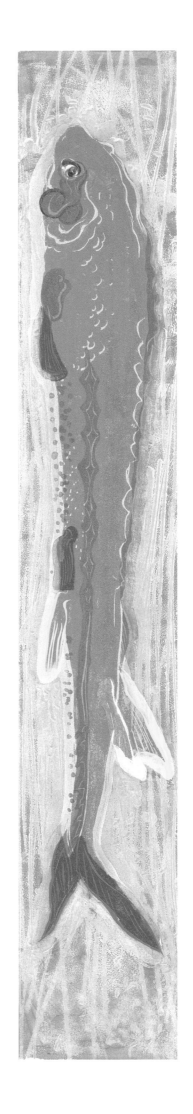

S. 22: *Fisch*, 2012, Holzschnitt, Handabzug, Öl/Büttenpapier,
Blattformat 206 x 62 cm,Stockformat 170 x 26 cm, Auflage 2 + 1 E/A

S. 23 l.: *Antonius*, 2012, Holzschnitt, Handabzug, Öl/Büttenpapier,
Blattformat 62 x 206 cm, Stockformat 26 x 170 cm, Auflage 2 + 1 E/A

S. 23 r.: *Grüner*, 2012, Holzschnitt, Handabzug, Öl/Büttenpapier,
Blattformat 206 x 62 cm,Stockformat 170 x 26 cm, Auflage 2 + 1 E/A

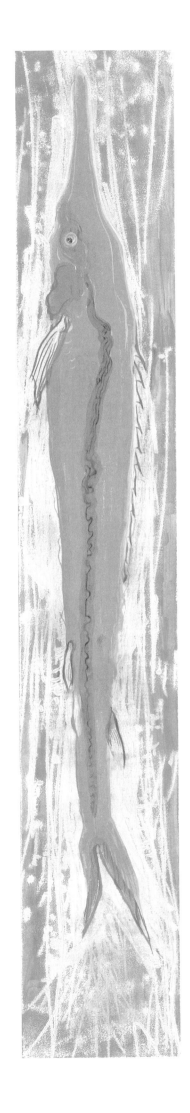

Languste, 2012,
Holzschnitt, Handabzug,
Öl/Büttenpapier,
Blattformat 206 x 81 cm,
Stockformat 170 x 55,5 cm,
Auflage 2 + 1 E/A

24

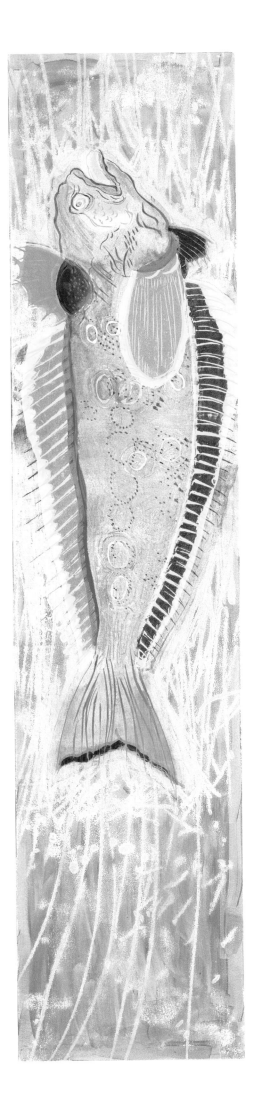

Forellen, 2012, Holzschnitt,
Handabzug, Öl/Büttenpapier,
Blattformat je 206 x 62 cm,
Stockformat je 170 x 37 cm,
Auflage je 2 + 1 E/A

Flunder, 2012, Holzschnitt,
Handabzug, Öl/Büttenpapier,
Blattformat 206 x 85 cm,
Stockformat 170 x 55,5 cm,
Auflage 2 + 1 E/A

l.: *Schlange*, 2012, Holzschnitt,
Handabzug, Öl/Büttenpapier,
Blattformat 206 x 44 cm,
Stockformat 170 x 18,5 cm,
Auflage 2 + 1 E/A

r.: *Knurrhahn*, 2012, Holzschnitt,
Handabzug, Öl/Büttenpapier,
Blattformat 206 x 52 cm,
Stockformat 170 x 26 cm,
Auflage 2 + 1 E/A

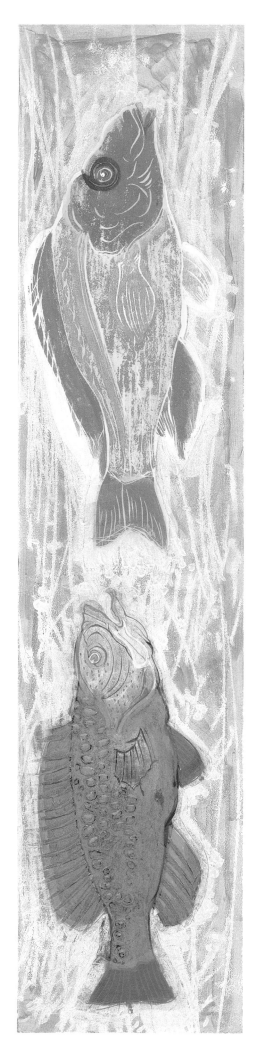

l.: *Oben*, 2012, Holzschnitt,
Handabzug, Öl/Büttenpapier,
Blattformat 206 x 62 cm,
Stockformat 170 x 37cm,
Auflage 2 + 1 E/A

r.: *Zwei*, 2012, Holzschnitt,
Handabzug, Öl/Büttenpapier,
Blattformat 206 x 62 cm,
Stockformat 170 x 37cm,
Auflage 3 + 1 E/A

Schildkröte, 2012, Holzschnitt,
Handabzug, Öl/Büttenpapier,
Blattformat 206 x 78 cm,
Stockformat 170 x 55,5 cm,
Auflage 2 + 1 E/A

S. 30-31 *O.T.*, 2012, Holzschnitt,
Handabzug, Öl/Büttenpapier,
Blattformat je 206 x 62 cm,
Stockformat je170 x 37 cm,
Auflage je 2 + 1 E/A

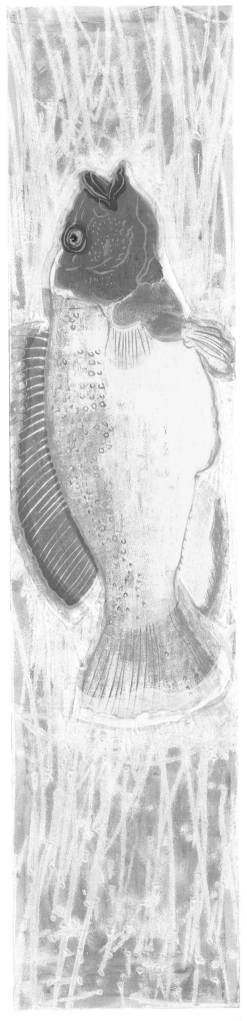

Des Antonius
von Padua Fischpredigt

Antonius zur Predigt
Die Kirche findt ledig.
Er geht zu den Flüssen
und predigt den Fischen;
Sie schlagen mit den Schwänzen,
Im Sonnenschein glänzen.
Die Karpfen mit Rogen
Sind allhier gezogen,
Haben d'Mäuler aufrissen,
Sich Zuhörens beflissen;
Kein Predigt niemalen
Den Karpfen so g'fallen.
Spitzgoschete Hechte,
Die immerzu fechten,
Sind eilend herschwommen,
Zu hören den Frommen;
Kein Predigt niemalen
Den Hechten so g'fallen.
Auch jene Phantasten,
Die immerzu fasten;
Die Stockfisch ich meine,
Zur Predigt erscheinen;
Kein Predigt niemalen
Den Stockfisch so g'fallen.
Gut Aale und Hausen,
Die vornehme schmausen,
Die selbst sich bequemen,
Die Predigt vernehmen:
Kein Predigt niemalen
den Aalen so g'fallen.
Auch Krebse, Schildkroten,
Sonst langsame Boten,
Steigen eilig vom Grund,
Zu hören diesen Mund:
Kein Predigt niemalen
den Krebsen so g'fallen.
Fisch große, Fisch kleine,
Vornehm und gemeine,
Erheben die Köpfe
Wie verständge Geschöpfe:
Auf Gottes Begehren
Die Predigt anhören.
Die Predigt geendet,
Ein jeder sich wendet,
Die Hechte bleiben Diebe,
Die Aale viel lieben.
Die Predigt hat g'fallen.
Sie bleiben wie alle.
Die Krebs gehn zurücke,
Die Stockfisch bleiben dicke,
Die Karpfen viel fressen,
die Predigt vergessen.
Die Predigt hat g'fallen.
Sie bleiben wie alle.

Abraham a Santa Clara

Rose, 2012, Holzschnitt,
Handabzug, Öl/Büttenpapier,
Blattformat 206 x 62 cm,
Stockformat 170 x 37 cm,
Auflage 2 + 1 E/A

S. 34: *Antonius*, 2012, Aufbau der
Glasstele in Gmünd (Kärnten)

Antonius, 2012, Glasstele,
mundgeblasenes Glas, geätzt,
Edelstahlrahmen, 272 x 71 cm

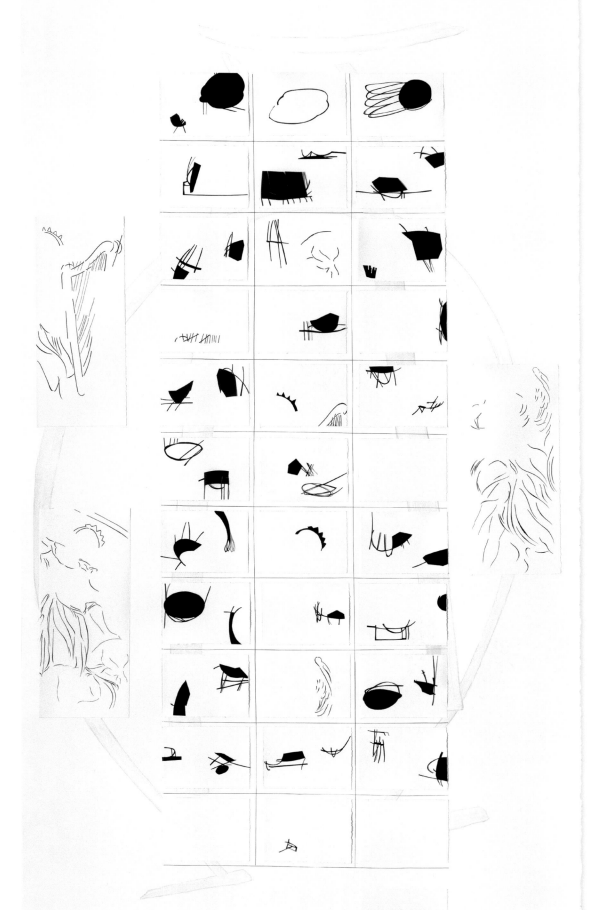

Fastentücher sind künstlerische Versuche, das Offenkundige wie auch das Geheimnisvolle und Unfassbare im menschlichen Leben neu zu erkunden, zu fassen, zu befragen und über biblische Motive und Bilder mit Gott zu verbinden.[1] In ihnen ist oft die Botschaft der gesamten Bibel, von Anfang an bis zur Vollendung, von der Verheißung bis zur erwarteten Erfüllung geborgen.

So ist auch das vorliegende Fastentuch der Bildenden Künstlerin Lisa HUBER „unterlegt" mit der biblischen Signatur des Alpha (**A**) und des Omega (**Ω**), in Verbindung mit dem biblischen Wort aus der Geheimen Offenbarung des Johannes: „Ich bin das Alpha und das Omega" (Offb 1,8; Offb 21,6 b; Offb 22,13). Das erinnert auch an 1 Kor 3,11: „Denn einen anderen Grund kann niemand legen als den, der gelegt ist: Jesus Christus". Er ist die „Grundlage", das Fundament.

Die „Schönheit"[2] der christlichen Fastentücher offenbart sich also darin, dass sie innerlich und äußerlich mit dem Leben Jesu Christi verbunden sind. Das erinnert an den Kirchenliedvers: „Alle die Schönheit / Himmels und der Erden/ ist gefasst in dir allein"[3]. Die religiöse und spirituelle Wahrheit der Fastentücher, sowohl der altehrwürdig-historischen wie auch der von zeitgenössischer Kunst neu geschaffenen, ist wie ein Edelstein gefasst, welcher im Lichte Jesu Christi leuchtet und vielfältige Bedeutung (Sinn und Verheißung) gibt.

Mit dieser GRUNDLAGE ist auch der RAHMEN dieses Fastentuches verbunden.

Drei große Gestalten des Ersten Testaments (AT) säumen oder zieren nicht oberflächlich das Gesamtwerk, sondern erschließen in besonderer Weise wie „Portalfiguren" dessen Sinn und Bedeutung. Alle drei sind in christlicher typologischer Auslegungstradition der Bibel „Typen", vorausgehende prophetische und hinweisende Gestalten für Jesus Christus.

- ABRAHAM, der vom wahren, offenbaren Gott durch einen Engel von der Opferung seines Sohnes ISAAK abgehalten wird (Gen 22,1ff.), weil der glaubwürdige Gott und Herr Israels ein Gott des Lebens ist und weil

damit auch die Verheißung auf die Erfüllung in Jesus Christus offen gehalten wird.

- JAKOB, der mit einem Engel den Kampf um sein wahres Leben und Segen für alle zu bestehen hat (Gen 32,23 ff.) und so zum Weiter-Träger der Verheißung Gottes wird.

- DAVID mit der Zither (vgl. 1 Sam 16,18 ff. u.a.), der als großer König in Israel und Juda immer wieder erfährt, wie er als großer Sünder auf Gottes Gnade und Erbarmen angewiesen ist, und der als großer Künstler Gott in Wort (Psalmen) und Tat (Musik) verkündet hat.

David, der in der biblischen Tradition auch als profilierter Psalmendichter angesehen wird, bildet dann die Brücke zum INHALT des Fastentuches, das die Künstlerin dem Psalm 90 „gewidmet" hat. Im Psalm 90 wird nach biblischer Tradition ein „Gebet des Mose" überliefert.

In den einzelnen Bildelementen des Fastentuches sind abstrakte schwarze Scherenschnitte sticktechnisch künstlerisch umgesetzt.

Wollte man nun hingehen und die einzelnen Verse des Psalms 90 jeweils einem dieser einzelnen Bildelemente oberflächlich „zuordnen", so könnte man einer Art „naturalistischem Fehlschluss" und einem sinnverstellenden hermeneutischen Missverständnis erliegen. Die einzelnen Bildelemente lassen sich nicht einfach mit dem Text „digital-eindimensional" verbinden. Sie sind (im Sinne von Paul Ricoeur) „Symbole, die zu denken geben". Wie die Wahrnehmung des Psalmtextes einer Lese- und Hörgeduld bedarf, so bedürfen die Bilder des Fastentuches auch einer Sehgeduld. Eine direkte, einlinige, digitale Auffassung würde dem Text und den Bildern nicht begegnen können, sondern – mit Martin Buber gesprochen – eher zu einer Vergegnung[4] führen.

Es bedarf stattdessen eines „analogen Erfassens: durch alle ,noch so großen Ähnlichkeiten' (der Bilder oder Gleichnisse oder Begriffe) hindurch in die je immer größere Unähnlichkeit' (eines jeweiligen ,Ganz Anders')"[5].

90 Psalm, 2012, Scherenschnitt,
Büttenpapier, Blattformat, 230 x 125 cm

Dieses analoge Wahrnehmen und Verstehen schützen Text und Bild und auch die aufmerksam Betenden und Betrachtenden vor Vereinnahmung, Verzweckung und irgendwelchen (philosophischen, psychologischen oder theologischen) Ableitungen. Im analogen Wahrnehmen, Denken und Verstehen offenbart sich – mit dem Philosophen und Theologen Erich Przywara gesprochen – „letzter objektiver Rhythmus im Sein und letzter subjektiver Rhythmus im Denken" [6].

Abschließend sei der Text des Psalm 90 [7] mit einigen weiter einführenden Hinweisen angefügt, zur biblischen Einstimmung für die Betrachtung und Begegnung mit den Bildern des Fastentuches.

1 [Ein Gebet des Mose, des Mannes Gottes.] Herr, du warst unsere Zuflucht von Geschlecht zu Geschlecht.

2 Ehe die Berge geboren wurden, / die Erde entstand und das Weltall, bist du, o Gott, von Ewigkeit zu Ewigkeit.

3 Du lässt die Menschen zurückkehren zum Staub und sprichst: „Kommt wieder, ihr Menschen!"

4 Denn tausend Jahre sind für dich / wie der Tag, der gestern vergangen ist, wie eine Wache in der Nacht.

5 Von Jahr zu Jahr säst du die Menschen aus; sie gleichen dem sprossenden Gras.

6 Am Morgen grünt es und blüht, am Abend wird es geschnitten und welkt.

7 Denn wir vergehen durch deinen Zorn, werden vernichtet durch deinen Grimm.

8 Du hast uns're Sünden vor dich hingestellt, unsere geheime Schuld in das Licht deines Angesichts.

9 Denn all uns're Tage gehn hin unter deinem Zorn, wir beenden unsere Jahre wie einen Seufzer.

10 Unser Leben währt siebzig Jahre, und wenn es hoch kommt, sind es achtzig. Das Beste daran ist nur Mühsal und Beschwer, rasch geht es vorbei, wir fliegen dahin.

11 Wer kennt die Gewalt deines Zornes und fürchtet sich vor deinem Grimm?

12 Uns're Tage zu zählen, lehre uns! Dann gewinnen wir ein weises Herz.

13 Herr, wende dich uns doch endlich zu! Hab Mitleid mit deinen Knechten!

14 Sättige uns am Morgen mit deiner Huld! Dann wollen wir jubeln und uns freuen all unsre Tage.

15 Erfreue uns so viele Tage, wie du uns gebeugt hast, so viele Jahre, wie wir Unglück erlitten.

16 Zeig deinen Knechten deine Taten und ihren Kindern deine erhabene Macht!

17 Es komme über uns die Güte des Herrn, unsres Gottes. / Lass das Werk unsrer Hände gedeihen, ja, lass gedeihen das Werk unsrer Hände!

Ein Fastentuch lädt ein zur Begegnung, ebenso wie der Text des Psalm 90.

Zur aufmerksamen, d. h. auch liebevollen Betrachtung gehört zunächst ein ehrfürchtiges, d. h. furchtlos vertrauendes Zugehen. Dazu bedarf es der schöpferischen Distanz, die wechselseitige Anerkennung [8] und Begegnung vorbereitet und schafft.

Der Psalm überwindet zunehmend die ernüchternde Erörterung menschlicher Lebenszuständlichkeiten und vorgeprägter Gottesvorstellungen und führt in der Zuversicht eines „weisen Herzens" dann ab Vers 13 zu Gott selbst: mit der Bitte um Zuwendung Gottes und Erbarmen, in der Hoffnung auf die Erfahrung einer befreienden Begegnung mit Gott (Vers 14 ff.).

So wie die ersten Verse von Psalm 90 können auch die Bilder des Fastentuches zunächst verstören, aufwecken aus dem Gewohnten und Gewöhnlichen und befreien zur Hoffnung und Zuversicht.

Mit dankbaren und guten Wünschen sei auch das neue Fastentuch der Künstlerin und ihr weiteres Schaffen in die abschließende Bitte des Psalms 90,17 aufgenommen: „Lass das Werk unsrer Hände gedeihen, ja, lass gedeihen das Werk unsrer Hände!"

1   Das II. Vatikanische Konzil spricht in der Pastoralen Konstitution GAUDIUM
    ET SPES – über die Kirche in der Welt von heute, (Rom, 07.12.1965) von
    Grunderfahrungen, die geheimnisvoll und unfassbar das menschliche Le-
    ben bestimmen. Gleich zu Beginn sagt das Konzil: „Freude und Hoffnung,
    Trauer und Angst der Menschen von heute, besonders der Armen und Be-
    drängten aller Art, sind auch Freude und Hoffnung, Trauer und Angst der
    Jünger Christi. Und es gibt nichts wahrhaft Menschliches, das nicht in ihren
    Herzen seinen Widerhall fände" (G&S, Nr. 1).

2   Vgl. dazu ausführlicher: Balthasar, Hans Urs von: Herrlichkeit. Eine theolo-
    gische Ästhetik. 3 Bände. Einsiedeln: Johannes Verlag, 1961–1969. Nach
    Hans Urs von Balthasar tritt dieser „Glanz der Schönheit" in den „gelichteten
    Gestalten der Wirklichkeit" hervor.

3   Vgl. das bekannte Kirchenlied: „Schönster Herr Jesu" (T. Münster 1677, Me-
    lodie: Breslau/Schlesien, 1842) , in: Gotteslob 1975, Nr. 551; -- Gotteslobneu
    2013, Nr. 364.

4   Buber, Martin [1878 – 1965]. Vgl.: in: „Begegnung und »Vergegnung« präg-
    ten seine Lehre"; DIE ZEIT; Nr: 33, 05.08.2004, ZEIT ONLINE, http://www.
    zeit.de/2004/33/Spielen_2fTratschke_33?page=1 – abgefragt: 10.02.2015.

5   Przywara, Erich [1889 – 1972]: Artikel „Analogia entis (Analogie), II., in:
    LThK, 2. Aufl., I. Band, Freiburg im Breisgau: Herder, 1957, Sp. 472..

6   Ebd. Zur aktuellen Neuentdeckung der Analogie vgl.: Hofstadter, Douglas/
    Sander, Emmanuel: Die Analogie. Das Herz des Denkens. Aus dem Ameri-
    kanischen [Original, 2013] von Susanne Held. Stuttgart: Cotta´sche Buch-
    handlung, 2014, Lizenzausgabe: Darmstadt: Wissenschaftliche Buchgesell-
    schaft.

7   Text nach der Einheitsübersetzung, Stuttgart: KBW, 1. Aufl. 1979.

8   Ricoeur, Paul [1913-2005]: Wege der Anerkennung. Erkennen, Wiederer-
    kennen, Anerkanntsein. Aus dem Französischen von Ulrike Bokelmann und
    Barbara Heber-Schärer. 1. Aufl. Frankfurt am Main: Suhrkamp, 2006.

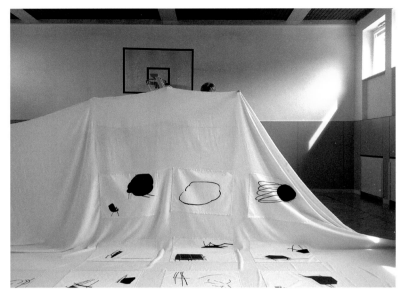
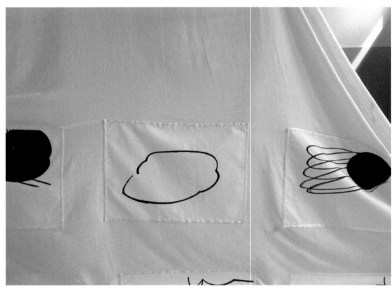

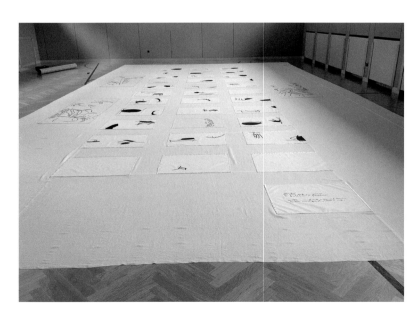

90 Psalm, Fastentuch, 2013/14, Scherenschnitt, umgesetzt in Sticktechnik:
Leinen/Seide/Inlett/Silberfäden, 13 m x 6,40 m, Unikat

S. 43 – 45: *Fastentuch*, 1999,
Holzschnitt (Unikat), Handabzug, Öl/Leinwand,
6 x 5 m, Ausstellungsansicht
Klosterkirche Bursfelde (D), 2015

NICOLAUS BUHLMANN

*Dein Lob singe ich bei Tag und bei Nacht –
wie die Kirche die Psalmen betet.*

Wer sich für das Leben im Kloster entschieden hat, wer als Ordensfrau oder als Ordensmann in gleich welcher Gemeinschaft leben will, wird damit konfrontiert werden. Aber auch die sogenannten Weltpriester außerhalb von Klöstern, die in den Bistümern die Pfarren betreuen, nehmen jeden Tag ein dickes Buch zur Hand – ironischerweise Brevier genannt, also „kleines Buch" -, in das sie sich mehrfach am Tag, aber mindestens zweimal vertiefen: Gemeint sind die Psalmen, ein 150 Abschnitte oder Einzelpsalmen umfassendes Buch aus dem Alten Testament, die den Klerikern und Ordensfrauen von Seiten der Kirche als Pflichtlektüre aufgegeben sind – an jedem Tag des Jahres!

Drei Tagesabschnitte werden durch spezielle Gebetszeiten markiert: Am Morgen – am frühen Morgen, in Klosterneuburg kurz vor sechs Uhr – begrüßt man den neuen Tag in der *Laudes*, dem Loblied auf Gott und seine Schöpfung. Drei Psalmen und spezielle, auch fürbittende Texte und Gebete werden vom Vaterunser und einem Segen durch den vorstehenden Priester oder Diakon beschlossen. In den mönchisch geprägten Gemeinschaften nach der Benediktiner-Regel werden die Psalmen gesungen, die Augustiner Chorherren von Klosterneuburg begnügen sich mit einer Art Sprechgesang, der auf einem gleichbleibenden Ton rezitiert wird, dem sogenannten *tonus rectus*. Die Chorherren ziehen mit der *Laudes* eine weitere Gebetszeit zusammen, die in anderen Gemeinschaften separat irgendwann am Tag gebetet wird, die *Matutin*. Auch hier beginnt man mit drei Psalmen, denen zwei Lesungen, die erste aus einem Buch der Bibel, die zweite aus der theologischen Literatur oder auch zur Biographie des jeweiligen Tages-Heiligen, folgen. *Matutin* heißt diese Zeit, weil sie ursprünglich noch im oder sogar vor dem Morgengrauen gehalten wurde.

Während nun in Klöstern von Mönchen oder Nonnen nach dieser morgendlichen Gebetseinheit der *Laudes* in der Mitte des Vormittags die sogenannte *Terz* gebetet wird, geht bei den Chorherren und den anderen Ordensgemeinschaften ein jeder an seine Arbeit bis zum Mittag. *Die Mittags-Hore*, die *Sext*, beginnt in Klosterneuburg Schlag 12 Uhr. Sie ist mit rund einer Viertelstunde die zweitkürzeste der Gebetszeiten – drei, nicht zu lange Psalmen und nur eine ganz kleine Lesung: Schließlich wartet das Mittagessen!

Wenn man nun für die Zeit nach dem Mittagessen im kircheneigenen Jargon von der darauffolgenden *hora sancta*, der heiligen Stunde, gesprochen wird, hat das ausnahmsweise nichts mit Psalmenrezitieren zu tun. Es ist damit nichts anderes als eine Art horizontaler Meditation gemeint, also der, angesichts der frühen Stunde des Aufstehens, für manche nötige Mittagsschlaf!

Danach, möglicherweise auch nach einer aufbauenden Schale Kaffee, wird mit der täglichen Arbeit fortgefahren bis zur Schwelle des Abends. Wiederum teilen die Mönche und Nonnen auch die nachmittägliche Zeit noch in zwei Hälften, die durch eine weitere Gebetszeit, die *Non*, markiert werden. Die Chorherren und andere seelsorglich aktive Gemeinschaften tun dies aber nicht, um nicht die Arbeit wieder unterbrechen zu müssen, die sie meist außerhalb des Klosters führt.

Mancherorts schon um 17 Uhr, in Klosterneuburg um 18.30 Uhr, versammelt sich dann aber jede klösterliche Gemeinschaft wiederum zu einem Gebet, im Stift an der Donau zum letzten des Tages. Es ist die Zeit der *Vesper*, die den Tag beschließen soll, d.h., es gibt wieder drei Psalmen, eine Lesung, Fürbitten, Vaterunser und Segen. Es ist ein universeller Brauch der Kirche, dass das Vespergebet mit einer meist lateinischen und auf jeden Fall gesungenen Anrufung der Gottesmutter beendet wird. Text und Melodie wechseln dreimal im Jahr, meist ist es das *Salve Regina*, das auch von bedeutenden Komponisten als Vokal- oder Instrumentalmusik vertont wurde. In den meisten Klöstern ist es auch Brauch, dass noch das Totengedenk-Blatt des jeweiligen Tages aus einem dicken, chronikartigen Buch verlesen wird.

Die am kommenden Tag Verstorbenen der eigenen Gemeinschaft, aber auch die Toten der mit dem jeweiligen Kloster verbundenen Ordensgemeinschaften an anderen Orten werden vorgelesen, in einer Zeitspanne, die über hundert Jahre umfassen kann. Wiederum ein Klosterneuburger Brauch ist es, wie schon am Morgen, eine weitere, die dann wirklich letzte Gebetszeit des Tages, unmittelbar an die *Vesper* anzuschließen. Sie heißt *Komplet* und macht schon durch diesen Namen deutlich, dass das Tagwerk nun getan ist. Es geht nur noch darum, sich und seine Mitmenschen Gott für die Dauer der kommenden Nacht zu empfehlen. Meist ist es nur ein einziger Psalm, der inhaltlich auf die späte Stunde eingeht, und ein, zwei Gebete. Dann ruht das Kloster – bis am nächsten Morgen sich alle wieder erheben und der Gebetskreislauf von vorne beginnt.

So bunt und mannigfaltig wie das Leben sind die Psalmen, die, in stetigem Wechsel, aber im Laufe des Jahres viele Male wiederkehrend, bei diesen vielen Gebetszeiten zum Vortrag kommen. Es gibt Psalmen, die reine Lebensfreude ausdrücken neben anderen, die Klagelieder von Einsamen, Verlassenen, Kranken sind. Ausgesprochen düstere Psalmen gibt es, die Gott um Hilfe gegen die Feinde aufrufen und dabei ins blutige Detail gehen. Von Eifersucht, Habgier, dem nicht stillbaren Drang nach Rache ist die Rede, aber auch beglückende und beruhigende Endzeit-Visionen eines paradiesischen, allen irdischen Sorgen enthobenen Lebens werden ins Wort gebracht. Kurz, die Fülle menschlicher Emotionen, die ganze Bandbreite des irdischen Daseins mit allen Licht- und Schattenseiten tauchen in diesen jahrtausendealten Dichtungen auf. Lisa Huber hat sich als Anregung für das Klosterneuburger Fastentuch auf den Schlusspsalm, den 150., bezogen, der, wie man es nicht anders erwarten würde, ein Preislied auf den Herrn ist, der mit allen menschlichen und orchestralen Stimmen gerühmt wird. Johann Sebastian Bach ist nur einer der Komponisten, dem dieser besonders schöne Text als Vorlage für eine Vertonung, in diesem Fall die Motette „Singet dem Herrn ein neues Lied" (BWV 225), gedient hat.

Mit den vielen Menschen, die ihnen in ihren Pfarren in drei Ländern und auf zwei Kontinenten anvertraut sind, sagen die Klosterneuburger Chorherren Gott Dank für nunmehr schon über 900 Jahre der Existenz ihres Stiftes,

in dem zu allen Zeiten und immer wieder neu dem Höchsten die Ehre gegeben wird.

NICOLAUS BUHLMANN
CanReg trägt als Kustos der Sammlungen, Stiftsbibliothekar und Stiftsarchivar die Verantwortung für den kulturellen Auftritt des 1114 gegründeten Augustiner Chorherrenstifts Klosterneuburg bei Wien.

Psalm 150, 2013, Scherenschnitt,
Büttenpapier, Blattformat 125 x 120 cm

Psalm 103, 13, 98, 2013,
Scherenschnitt, Büttenpapier,
Blattformat 125 x 120 cm

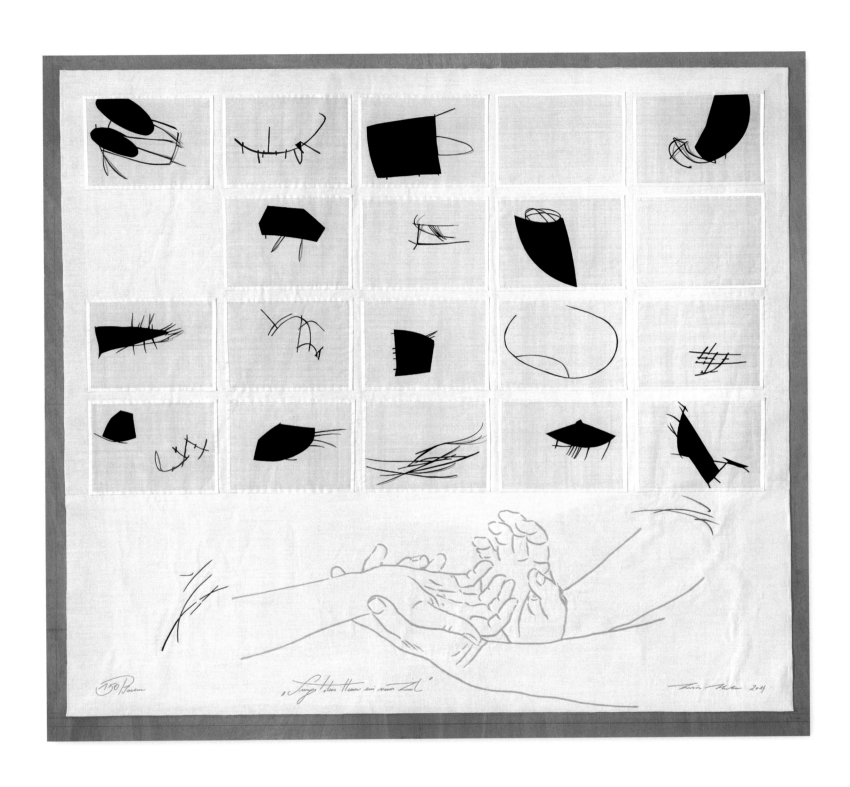

Psalmtuch, 150 Psalm, 2013, Scherenschnitt, umgesetzt
von Hand und Maschine gestickt, Leinen/Atlas, Seide gefasst,
Format 190 x 210 cm, für die Schatzkammer Stift Klosterneuburg (NÖ)
S. 53: Rückseite

GOTTFRIED UEBELE

Singet dem Herrn ein neues Lied

4 Tücher zu den Psalmen 103, 98, 13 und 150
Zyklus zu Psalmtexten und Musik der Motette: „Singet
dem Herrn ein neues Lied" (BWV 225) von Johann Sebastian Bach.

Wie Tafeln eines Hochaltars über die Predella erhebt
sich ein Ensemble dunkler Elemente über einer Begegnung sich umfangender Hände.

Psalm 103

Nur eine der Tafeln: vom Regen nasses, vom Wind
niedergedrücktes Heu, wertlos für den Bauern – arm
Gemächte. Drumherum brüchige Konstruktionen, hilf-
los wehrhaft oder ganz schutzlos.
Eine Hand unterfasst sanft die müde, schwache, sich
entziehende eines Andern und zeichnet die Handli-
nien nach: Sie weiß um das Schwinden der Kraft und
hält.

Psalm 98

Ausbrecht, jubelt, spielt auf! Eine Hand hebt sich, und
wie aus ihr entlassen beginnen die Elemente zu tanzen, zu schweben, sich aufzuplustern und hernieder
zu brausen. Fische der Tiefsee, Vögel der Lüfte, Berge und Flüsse – alles freut sich.
Ein Finger schreibt in die Hand des Andern in ruhiger
Gewissheit. Den Psalm?

Psalm 13

Schwebende Gebilde versuchen sich zu sichern. Sie
bilden Tentakeln, um sich zu verankern im Raum oder
an den Rändern. Manche verharren verloren.
Zwei Hände berühren sich scheu mit den Fingerspit-
zen, eine Hand öffnet sich, die übrigen Finger der andern beginnen zu tanzen. Eine dritte, sichernde und
stützende Hand kann sich nun lösen.

Psalm 150

Die Formen fügen sich zu einem Klangkörper – ein
Orchester aus neuen, nie gesehenen, nie gehörten
Blasinstrumenten aller Art – seltsame Klänge und Ge-
räusche: alles, was Atem hat, lobe den Herrn!
Oder zeigt sich da eine Partitur: Anweisung für eine
Musik zum Lobe Gottes? Verdichtungen, Spalt- und
Spreizklänge für Posaunen, Flöten und Schalmeien...
Drei Hände öffnen sich, die rechte entbirgt einen
Schall: Musik oder Rede zum Lob Gottes – der Psalm
als Ruf. oder Gesang.

Lobe den Herrn in seinen Taten, lobet ihn in seiner
großen Herrlichkeit.
Alles, was Odem hat, lobe den Herrn. Halleluja.

Tuch zum Psalm 150
Schatzkammer Stift Klosterneuburg

Preiset oh Ihn
Preiset Gott in seinem Heiligtum,
preiset ihn am Gewölb seiner Macht!
Preiset ihn in seinen Gewalten, preiset ihn nach der
Fülle seiner Größe!
Preiset ihn mit Posaunenstoß,
preiset ihn mit Laute und Leier,
preiset ihn mit Pauke und Reigen,
preiset ihn mit Saitenklang und Schalmei,
preiset ihn mit Zimbelschall,
preiset ihn mit Zimbelgeschmetter!
Aller Atem preise oh ihn!

Psalm 150 übersetzt von Martin Buber

GOTTFRIED UEBELE
Lebt und arbeitet als Pädagoge in Berlin.

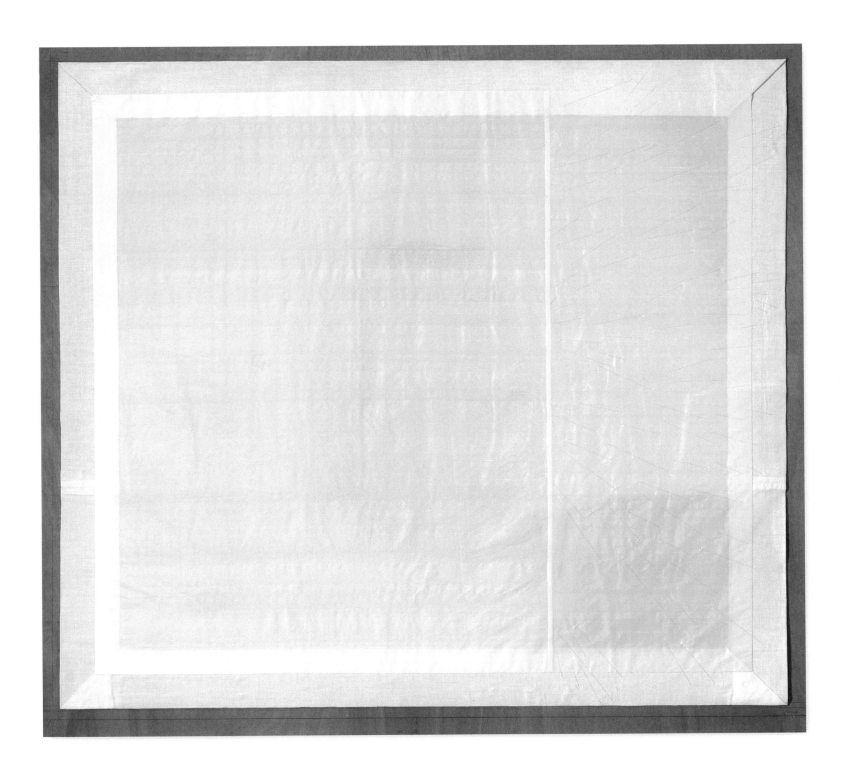

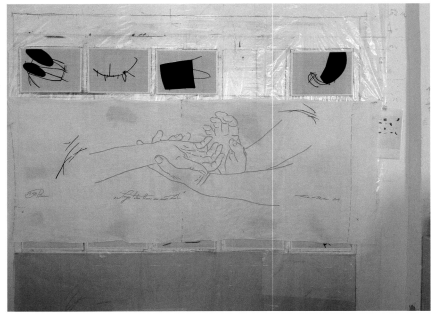

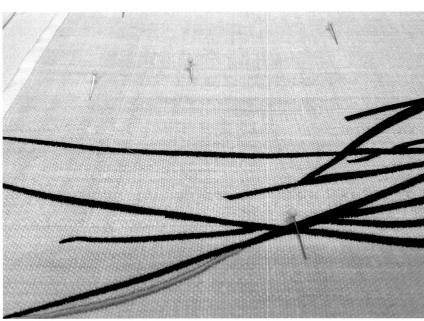

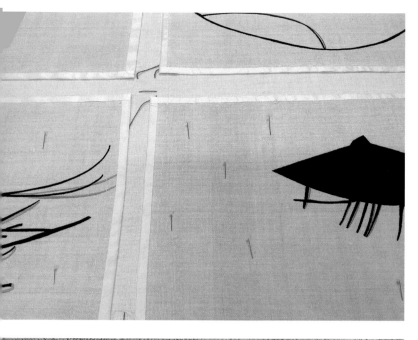

Psalmtuch, 2014, Atelieraufnahmen

Psalmtuch, in der Schatzkammer Stift Klosterneuburg

56

Weltenbaum, 2007, Scherenschnitt,
Pastell/Aquarell/Büttenpapier,
Blattformat 280 x 170 cm,
Unikat für die Raiffeisenbank Gmünd (Kärnten)

58

Goldmarie, 2009, Scherenschnitt, Aquarell/Pastell/
Büttenpapier, Blattformat 240 x 110 cm, Unikat

S. 62 – 67 *Stillleben*, 2009, Scherenschnitt,
Pastell/Aquarell/Büttenpapier, je 125 x 100 cm, Unikat

Stillleben, Scherenschnitt, Ausstellungsansicht in der Galerie der Stadt
Villach 2010 (Skulptur im Vordergrund von Herbert Mehler)

S. 70 – 75: *Liebespaare*, 2009, Scherenschnitt,
Pastell/Aquarell/Büttenpapier, je 72 x 100 cm, Unikat

70

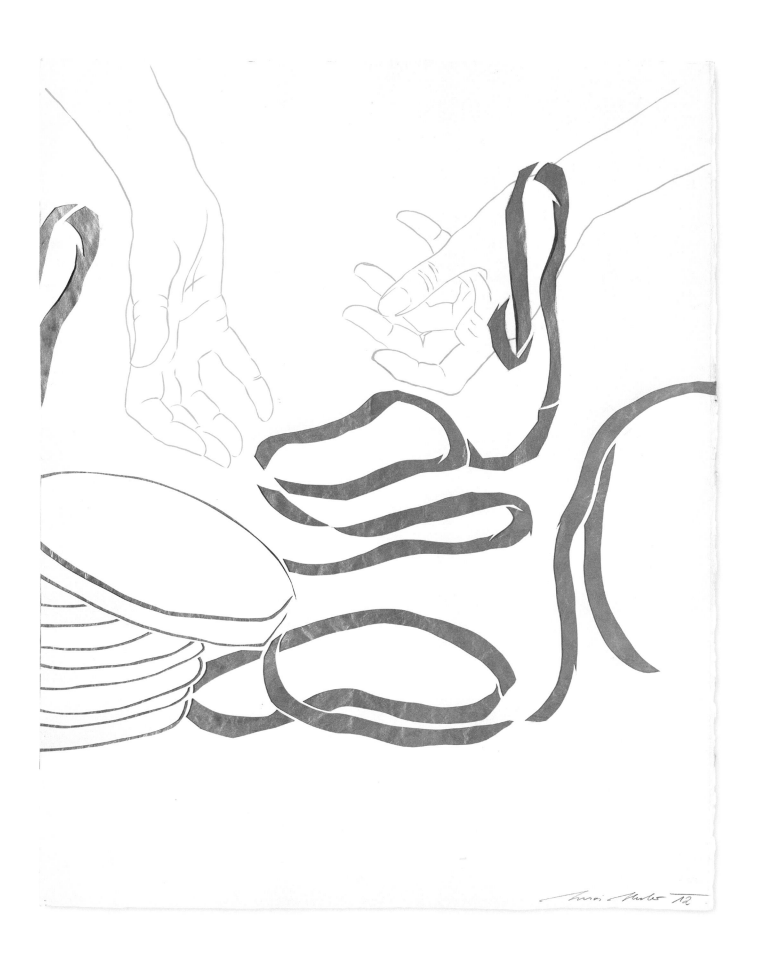

Hohelied, 2012/13, Scherenschnitt, Japanpapier bemalt,
Aquarell/Büttenpapier, je 78 x 61 cm

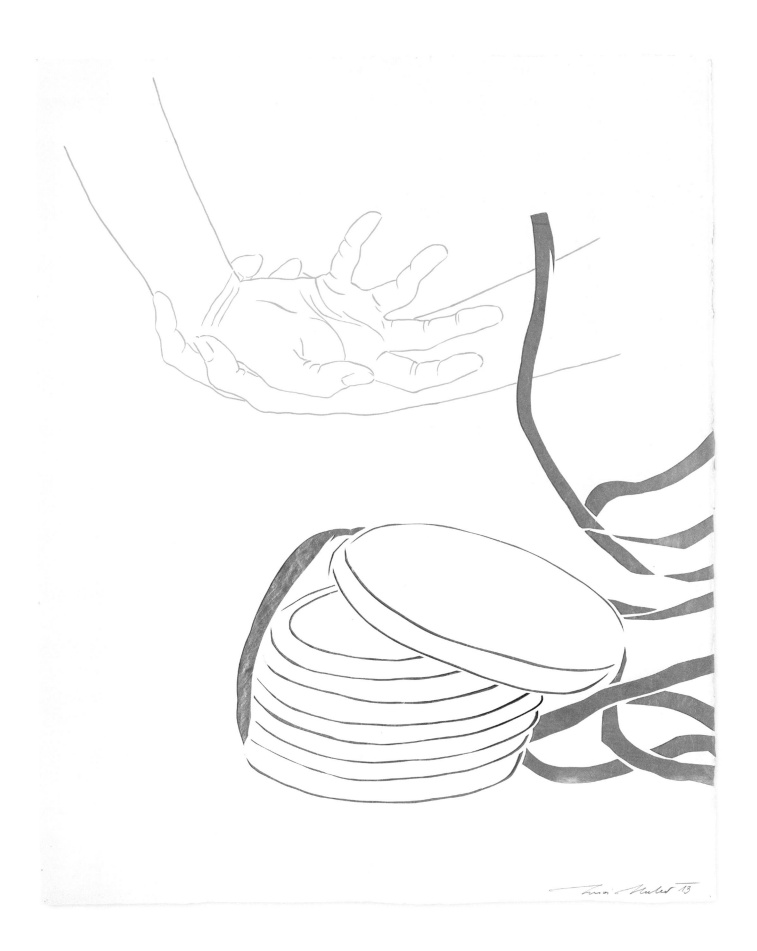

Liebende, 2013, Scherenschnitt, farbiges Papier,
Büttenpapier, je 78 x 61 cm, Unikat

S. 80 – 87 *Tanz Marina Koraiman*, 2010, Holzschnitt,
Handabzug, Öl/Büttenpapier, Blattformat je 231 x 170 cm,
Stockformat je 206 x 150 cm, Unikat

Kopfüber, 2011, Burgkapelle MMKK Klagenfurt

Tiger Rag, 2014, Ausstellungsansicht in Stadtgalerie Klagenfurt
(mit Jon Sass und Marina Koraiman, Living Studio)

ELISABETH NOWAK-THALLER

TUBA ROCKT

Christian Ludwig Attersee rockt am Klavier, improvisiert grandios Boogie-Woogie, Hermann Nitsch orgelt weltvergessen, Paul Klee verdient Jahre seines Lebensunterhaltes als Geiger, Jack Ox malt und zeichnet Bruckner's *Achte Symphonie*, Wassily Kandinsky und Piet Mondrian befassen sich mit Polyphonie und schließen Farbe-Ton-Beziehungen in ihre Bilderwelt ein. Da gibt es die Künstler, die zugleich virtuose Musiker und Maler, d.h. Doppelbegabungen sind, die Inspiration in der Musik finden. Wie die schon erwähnten Klee und Attersee oder Schönberg. Aber auch der Bohémien Graf Toulouse-Lautrec: Er stellt leidenschaftlich Tänzerinnen und Musiker dar, Geiger, Pianisten, Sängerinnen, wie die berühmte Jane Avril. Max Oppenheimer verewigt das prominente, 1882 in Wien gegründete, Rose-Streichquartett. Helene Funke malt verschollene Bilderserien von musizierenden Frauen, die sogenannten *Musikbilder*. Lisa Huber schneidet einen Tuba-Virtuosen in Holz. Die Liste großer Künstler und Künstlerinnen, die selbst musizierten, von Musik inspiriert wurden oder die Musik zum Inhalt ihrer Werke machen, ist ergiebig. Und dann entdeckt man Künstler, die gerne mit Musik kokettieren, wie Arman, der Geigen und Saxophone in Objektkästen quetscht, Warhol, der fiedelnde Kobolde zeichnet, oder Picasso, der sich wild trompetend vor johlendem Publikum inszeniert. Picasso, der Performer, der Tausendsassa in der Short, der Alleskönner, der weltberühmte Bilder wie die *Drei Musikanten* 1921 gemalt hat. Schon bei den Venezianern wurden Kolorit und Farbharmonie mit dem Zusammenklang der Musikinstrumente verglichen. Der Maler Veronese stellte sich selbst, sowie Tizian und Tintoretto, als Musiker auf der Leinwand dar. Im 19. Jahrhundert wurde Musik sogar zum Vorbild der Künste, zum Leitbild der Romantiker. „Wie Musik zu werden ist das Ziel jeder Kunst",[1] forderte Schopenhauer und schrieb der Musik die Fähigkeit zu, den Willen unmittelbar abzubilden und unabhängig von der Welt zu existieren.[2] Philipp Otto Runge versuchte strukturelle Bezüge zwischen Musik und Malerei zu visualisieren. Sein grafischer Zyklus *Die Zeiten* entsprach den vier Sätzen einer Symphonie. Und John Ruskin schrieb 1853: „Die Anordnung von Farben und Linien ist eine der musikalischen Komposition analoge Kunst und von der Schilderung von Tatsachen völlig unabhängig."[3] Gauguin, Signac, van Gogh oder Cézanne sprachen von rätselhafter Farbe, von ihrer musikalischen Wirkung, der eigenen Natur, ihrer inneren, mysteriösen, rätselhaften Kraft.[4] Whistler nannte seine Bilder *Nocturne in Blau und Gold*, Henri Fantin-Latour griff Motive aus Wagner Opern auf und Arnold Böcklin oder Anselm Feuerbach ließen sich in ihrer Malerei ebenfalls von Musikstücken inspirieren. Braque und Kupka beriefen sich auf Bach und die Fuge, Kandinskys *Impressionen* korrespondierten mit Schönberg, dessen atonale Musik eine parallele Entwicklung zur Abstraktion zeitgleich darstellte.[5]

Immer wieder stellten zeitgenössische Künstlerinnen in Filmen, Happenings, in Performances, auf der Leinwand und am Papier, Musiker oder Tänzer, Kollegen aus der Künstlerzunft dar. Die Neuen Wilden verewigten ihre Punk Bands auf riesigen Leinwänden. Middendorf, Salomé, Castelli und Fetting drummen mit Schlagzeug – wahlweise mit dem Pinsel – den Rhythmus ihrer Band „Geile Tiere". Franz Gertsch wiederum beobachtet in einem berühmten Zyklus Patti Smith vor ihrem Auftritt. Die Rocklegende wirkt hautnah und unprätentiös, vor den Verstärkern kauernd oder an den Bildrand gerückt.

1 Arthur Schopenhauer, Schopenhauers handschriftlicher Nachlass. Manuskriptbücher KöBibliothek in Berlin, hrsg. von Eduard Grisebach, 3. Abdruck, Bd. 4, Neue Paralipomena, Leipzig, o.J., S. 31.

2 Vgl. Andrea Gottdang: Malerei und Musik, Kapitel 3: Musik als Vorbild der Kü. http://www.see-this-sound.at/drucken/76. Abgerufen am 11.2.2015.

3 Werner Hofmann: Die Grundlagen der modernen Kunst, Stuttgart 1987, S. 166.

4 Walter Hess: Dokumente zum Verständnis der modernen Malerei, Reinbek bei Hamburg 1984, S. 30.

5 Vgl. Andrea Gottdang: Malerei und Musik, Kapitel 3 & 4: Musik als Vorbild der Kü & Die Allgegenwart des Musikalischen in der Malerei. http://www.see-this-sound.at/drucken/76. Abgerufen am 11.2.2015.

Holzschnitt Handabzug   „Jon Sass"   Lisa Huber 12

S. 90 – 93: *Jon Sass*, 2012, Holzschnitt, Handabzug, Öl/Leinwand,
Blattformat je 220 x 182 cm, Stockformat je 206 x 150 cm, Unikat

Lisa Huber interagiert ebenfalls seit Jahren mit einem Musiker und einer Tänzerin. Sie fotografiert, malt, zeichnet den amerikanischen Tuba-Virtuosen Jon Sass und die in Linz lebende Tänzerin Marina Koraiman, schneidet diese in Holz.

Wie alles begann? Beim nackten Mann! Ich erzählte der Künstlerin 2012 von der bevorstehenden, großen Ausstellung im LENTOS Kunstmuseum Linz, die sich der Dauerprovokation in der Kunst, dem nackten Mann widmet. Wir diskutierten, warum nackte Frauen immer schon die Kunstgeschichte beherrschten, warum die Guerilla Girls mit ihrer aufreizenden Plakat-Ansage: „Müssen Frauen nackt sein, um ins Metropolitan Museum zu kommen" noch immer recht haben. Nackte Frauen ziehen beim Publikum. Nackte Männer verstören, bis heute. Lisa Huber will auf alle Fälle den internationalen Star Jon Sass nackt in ihrem Atelier porträtieren. Bis auf die Unterhose entblößt soll der Künstler sein und mit seinem „Attribut", seinem Instrument, der großen Tuba, posieren. Wird der Weltstar dieses Wagnis im Großformat, in drei Varianten eingehen?

Wie ein Star sieht er nicht gerade aus, der 2.02 m große schwarze New Yorker, der Welt kreativster Tubaspieler, der eigentlich Jonathan McClain Sass heißt und mit klassischer Musik, Jazz und vielen anderen Genres vertraut ist.

Jon Sass I hockt auf einem wackeligen Schemel. In seinem mit einem Handtuch geschützten Schoß ruht die Tuba auf den Oberschenkeln. Der Künstler spielt versunken und konzentriert auf seinem Instrument. Die Tuba dominiert die Bildmitte, beherrscht den Sitzenden, dessen Gesicht vom Instrument verborgen bleibt. Die Finger der linken Hand liegen auf den Ventilen. Mit der rechten Hand stützt Sass das Instrument. Im Hintergrund schimmert leuchtendes, warmrotes Kupfer, das einen glänzenden Kontrast zur goldenen Tuba erzielt, darüber ein Feuerwerk von lichtblauen Strichen, die sich wie Eisblumen um den Musiker verdichten und an den Blatträndern aufzulösen scheinen.

Erschöpft hockt *Jon Sass II* noch immer auf dem unkomfortablen Holzstuhl, greift sich mit der linken Hand auf den Kopf. Wieder bestimmt die vertikale Figur die Komposition. Sass scheint nachzudenken, vielleicht komponiert er, erfindet eine Improvisation oder wischt sich den Schweiß von der Stirn. Die Körperhaltung ist ähnlich offen, jedoch etwas entspannter. Das Instrument, der Trichter der Tuba, ist bedrohlich nach vorne gerichtet,

verdeckt den Oberkörper, leuchtet wie eine Sonne im Bildmittelpunkt. Hier wird klar: Jon ist ein Live-Künstler, der seine Musik selbst komponiert und seine eigenen Konzepte entwickelt. Er spielt Soloprogramme, macht Workshops, entwirft Seminare für Kinder und Erwachsene, arbeitet mit den berühmtesten symphonischen Orchestern seit 1985.

In der Variante III schwebt der gewichtige Musiker mit seinem Instrument im – Kupfer und Blau leuchtenden – Universum. Horizontale und vertikale Kompositionsprinzipien halten einander diesmal die Waage. Mit der linken Hand umklammert Jon das Instrument als ginge es um seine Auferstehung. Sein Attribut muss mit dabeisein. Auch im Himmel, im Universum, will Jon seinen einzigartigen, vielseitigen und eindringlichen Sound verbreiten, muss er die „Brass Welt", den Mix aus Jazz, Klassik und R&B als Groove Master in alle Ewigkeit ausdehnen. Ob Peter Wolf oder die Wiener und Berliner Philharmoniker, seine musikalischen Partner, dort auch mit ihm jammen?

Hört Lisa Huber Musik von Jon Sass, während sie den riesigen Holzschnitt fertigt? Und warum fasziniert gerade die Tuba so viele Künstler und Künstlerinnen? Das Instrument scheint wichtiger als der Musiker zu sein, keine Spuren des Lebens sind zu sehen, das Gesicht des Stars ist vom Betrachter abgewendet. Trotz der nackten Haut wirkt nichts verletzend intim, im Gegenteil. Jon Sass ist ein mächtiger, erfolgreicher Mann, der breitbeinig im Atelier sitzt, auf einem Schemel, den Lisa Huber ihm bereitstellte. Der Blick der Künstlerin ist ganz auf die Tuba gerichtet, auf ihre An- und Einsichten. Das Augenmerk geht nicht unter die Haut, wohl aber „unter die Tuba".

Wie bei René Magritte, dessen Gemälde *The Central Story* von 1928 den Tod der ertrunkenen Mutter – mit einer Tuba – verarbeitet. Im Vordergrund eine Tuba, die mit dem erstarrt wirkenden, mächtigen Frauenkörper, dessen Gesicht mit einem Tuch verdeckt ist, verbunden ist. Daneben ein geschlossener Koffer, in dem der Künstler seine Erinnerungen an seine durch Selbstmord aus dem Leben geschiedene Mutter bewahrt? Im berühmten Gemälde *Die Entdeckung des Feuers* von 1936 lässt Magritte die Tuba lichterloh brennen und verweist auf Beschlagnahmungen und Bilderverbrennungen „Entarteter Kunst" durch die Nationalsozialisten. Eine brennende Welt tut sich auf, aus der es kein Entrinnen gibt. Das Ende der freien Kunst ist angebrochen.

Auch Andy Warhol verewigt die Tuba in einer wunderbaren, kleinen, kürzlich bei Christie's versteigerten Tuschzeichnung *Sprite playing Tuba*. Der kleine Kobold, vielleicht ein tapferer Elf, kämpft mit dem riesigen Instrument, das ihn schier zu erdrücken scheint. Wieder ist das große Blasinstrument das eigentliche Bildmotiv, der Musiker verschwindet.

Nicht so bei Josef Kern, der einen nackten Mann mit Tuba in Serie sogar lebensgroß malt. Dargestellt ist ein prominenter Kunstsammler. In den Händen, um den Körper geschlungen, sein Instrument, ein historisches Helikon. Der Sammler hat die Augen geschlossen, lauscht auf die Musik, konzentriert sich auf das Stück, das er splitterfasernackt darbietet. Hinter dem Tubaspieler ein goldenes, barockes Ziermöbelstück, das mit dem Boden, dem ebenfalls goldglänzenden Instrument und dem Musiker in expressiv realistischem Duktus zu verschmelzen scheint. Schonungslos wird der leidenschaftliche Mäzen, Sammler und Hobbymusiker dargestellt: das Gemächt, die Krampfadern, das Blut, das unter der Haut pulsiert. Male und Spuren gelebten Lebens. Aber trotz seiner Nacktheit wirkt der Sammler stolz und selbstbewusst mit seiner Tuba.

Früher wurden Maler mit weiblichen Akten weltberühmt. Wenn heute eine Künstlerin oder ein Künstler einen Mann, selbst einen Star als Akt malt, hält sich das Marktinteresse noch immer in Grenzen. Seien wir doch ehrlich? Wer hängt sich einen nackten Mann in den eigenen vier Wänden auf?

Ganz so nackt wollte Jon Sass wohl doch Lisa Huber nicht Modell stehen. Jedenfalls in den Sitzvarianten hat der Künstler ein grün-blaues Handtuch um seine Hüfte geschlungen. War sich Lisa Huber der Tatsache bewusst, dass Männer in Unterhose, in Lendenschurz, Kunstgeschichte geschrieben haben? Es gibt einige Fotos des halbnackten Picasso, tanzend in einer nicht wirklich sexy Unterhose (eine Aufnahme von David Douglas Duncan des 76-jährigen Malers in seiner Villa La Californie). Picasso, der Wilde, der keinen Regeln folgt, empfängt in Unterhose Besucher und seinen Freund, den Fotograf. Er blödelt in Shorts, halbnackt und ungeniert. Auf Picasso folgt Martin Kippenberger. Auf einer Einladungskarte zu seiner Ausstellung 1985 in Teneriffa verwertet Kippenberger ein Foto von Picasso in Badehose mit Bademantel. Und zu Kippenbergers 50. Geburtstag, den der Künstler nicht mehr erleben durfte, erschien in der *taz* eine Besprechung mit dem einleitenden Satz: „Picassos letzter Sohn zieht sich aus bis auf die Unterhosen."[6] Künstler in Unterhosen wurden zu einem kunsttheoretischen Statement. Im Vergleich zu „Kippis" wüsten, unerotischen Unterhosenbildern, Siegfried Anzingers heiter-erotischen „Alter (geiler) Mann in Unterhose" Paraphrasen nehmen sich Lisa Hubers Variationen des nackten Musikers mit dezentem Handtuch geradezu poetisch-elegisch aus.

Seit 2011 verzichtet Lisa Huber auf historische Vorlagen, die lange ihr künstlerisches Œuvre bestimmten. Sie kooperiert nunmehr mit Künstlerkollegen persönlich, interaktiv. Der Erstkontakt erfolgt über hunderte Fotos, die Lisa Huber selbst von ihrer Freundin Marina Koraiman bzw. Jon Sass in privaten Sitzungen anfertigt. Nach der Fotoauswahl, der privaten Tanz- und Musikperformance, erfolgt die direkte künstlerische Umsetzung mittels Zeichnung auf mehreren Holzstöcken gleichzeitig. Am Anfang ist die Zeichnung, dann folgt das Schneiden. Lisa Huber hat sich schon immer alten, traditionellen Techniken: dem großformatigen Holzschnitt, der Glasmalerei, auch dem seltenen Papierschnitt verschrieben. Mit großer Konsequenz, Kraft und Disziplin absolviert sie das direkte Zeichnen und Schneiden auf Holz oder Papier. Scharfe Messer und spitze Stifte, der nahe Bildausschnitt, das Komponieren in Zyklen sind permanente Begleiter der auf einem Bergbauernhof bei Villach aufgewachsenen Kärntnerin. Generell ist großer Einsatz des gesamten Körpers notwendig, um diese überdimensionalen Formate zu bearbeiten. Die zumeist am Boden liegenden Stöcke werden eingefärbt, unterschiedliche Bildträger, kostbare Papiere oder Stoffe werden aufgelegt. Dann wird die Farbe durch manuelles Durchreiben vom Stock direkt auf den Bildträger übertragen. Zum Schluss werden die malerischen Unikate, exklusive Einzeldrucke, von Hand abgezogen.

So auch in den sechs Holzschnitten einer weißen und blauen Serie mit dem Titel *Kopf Über*. In diesem Zyklus lässt Lisa Huber 2011 Marina Koraiman fliegen, liegen, kauern und Kopfstände vollführen.

Die in Linz lebende, an der Linzer Kunstuniversität ausgebildete Künstlerin, Tänzerin und Tanzpädagogin überraschte mit vielen erfolgreichen Eigenproduktionen und erregte im Kulturhauptstadtjahr 2009 mit dem Tanz Preis für „montage totale" internationales Aufsehen. Koraiman

---

6   Thomas Zaunschirm: Cowboy oder Indianer? Picasso und die Theorie. S. 3.
     http://www.zaunschirm.de/picasso.html. Abgerufen am 10.2.2015.

erobert die Bühne mit selbst entworfenen Kostümen, kreiert Traumwelten aus Licht und Farbe und setzt mit starken Gesten expressive Zeichen. Ihr Körper ist Ausdruck, ist getanzte Philosophie, ist Verinnerlichung, ist Einheit, ist Zustand der Erschöpfung, ist Aufruhr und Schmerz, ist der Zeit enthoben.

Tanzend, kopfüber taumelnd oder ruhend erkundet sie den kühl wirkenden Farbraum. Ein Eisrausch? Ein Engelsturz? Macht und Ohnmacht in der gleißenden Unendlichkeit? Der Körper wird zum Ornament, er scheint sich im freien Fall zu befinden, zu schlingern, zugleich wirkt die Bewegung wie eingefroren. Die dramatischen Einzelbilder ergeben in Summe eine Choreografie, einen Rhythmus, einen Takt. Marina Koraiman ist überlebensgroß, wirkt zugleich isoliert und verletzlich. Sie schwebt konzentriert, wie meditierend im Kosmos und beherrscht mächtig den malerischen Raum. Verbirgt sie aus Verzweiflung das Gesicht vor den Händen? Vermag sie nicht sehenden Auges in den Abgrund zu stürzen? Die bekleidete Frau ist in glitzernde, pastose Silberlasuren eingebettet, von expressiven, parallelen Farbschraffuren umgeben. Die früher von Lisa Huber bevorzugten kräftigen Grundfarben sind nun dezenten Tönen gewichen: unschuldiges Weiß, kostbares Gold, kühles Silber oder feuriges Kupfer. Je nach Position des Betrachters verändert sich das Licht, der Glanz, die Optik. Der Grund scheint übersät von Eisblumen und Linien, die wie von Kufen ins blanke Eis gekratzt wirken. Auch wenn das Gesicht verborgen bleibt, die sprechenden Gesten, die Bewegungen geben alles dem Betrachter preis: Einsamkeit, Melancholie, die Liebe zum Tanz, die Verschmelzung mit der Musik. Marina Koraiman befindet sich in einem Dauerschwebezustand, in einem Übergang zwischen Erschöpfung und Ekstase. In ihrer Performance ist sie ganz Körper und Ausdruck, ganz Leidenschaft und Verinnerlichung.

Wenn eine Tänzerin und ein Musiker in einer monumentalen Holzschnittserie dem Raum und der Zeit entfliehen, in ihrer Berufung – dem Tanz und der Musik – versinken, wenn Grafisches und Malerisches zu einer modernen Vision, zu einem Traumbild verkettet werden, bleibt vieles angedeutet und offen für subjektive Auslegungen. Ob rockende Tuba oder „kopfüber in die Hölle und zurück"[7], im Zentrum dieser beiden musikalischen Bilderserien von Lisa Huber steht der kreative Mensch, der Künstler mit seinen Schwächen, Torheiten, Begabungen, seinem Glauben und Sehnsüchten, seiner Genialität.

---

7   Zeile aus einem Song der Band „Ä". Abgerufen am 11.2.2015.

ELISABETH NOWAK-THALLER
Kunsthistorikerin, stellver. Direktorin Lentos Kunstmuseum Linz

Tiger Rag, 2014, Ausstellungsansicht in Stadtgalerie Klagenfurt
(mit Jon Sass und Marina Koraiman, Living Studio)

Bambus, 2014, Holzschnitt, Handabzug, Öl/Büttenpapier,
Blattformat 125 x 238,5 cm, Stockformat 90 x 206,5 cm, Unikat

Anthurium, 2014, Holzschnitt, Handabzug, Öl/Büttenpapier,
Blattformat 125 x 238,5 cm, Stockformat 84,5 x 206,5 cm, Unikat

Leopard, 2014, Holzschnitt, Handabzug, Öl/Büttenpapier, Blattformat
125 x 238,5 cm, Stockformat 84,5 x 206,5 cm, Unikat   100

Goldener Leopard, 2014, Holzschnitt, Handabzug, Öl/Büttenpapier,
Blattformat 125 x 238,5 cm, Stockformat 84,5 x 206,5 cm, Unikat

S. 104 – 105 *Tiger*, 2014, Holzschnitt, Handabzug, Öl/Büttenpapier,
Blattformat je 125 x 238,5 cm, Stockformat je 90 x 206,5 cm, Unikat

Leopard, 2014, Holzschnitt, Handabzug, Öl/Büttenpapier,
Blattformat 125 x 238,5 cm, Stockformat 84,5 x 206,5 cm, Unikat

Tiger, 2014, Holzschnitt, Handabzug, Öl/Büttenpapier,
Blattformat 125 x 238,5 cm, Stockformat 90 x 206,5 cm, Unikat

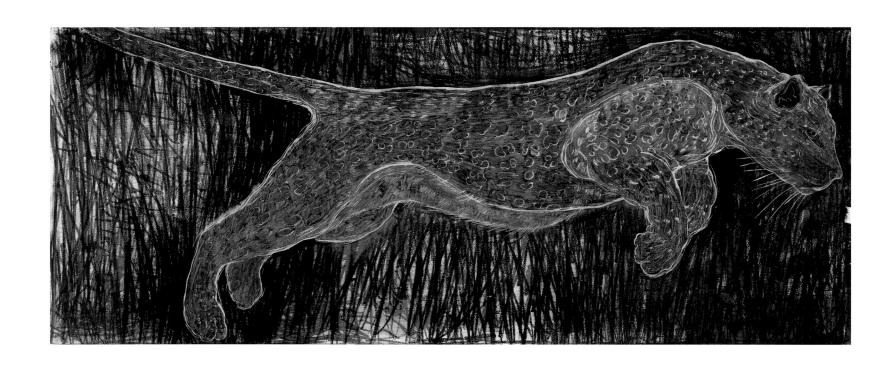

Grüner Leopard, 2014, Holzschnitt, Handabzug, Öl/Büttenpapier,
Blattformat 125 x 238,5 cm, Stockformat 84,5 x 206,5 cm, Unikat

Purpurner Tiger, 2014, Holzschnitt, Handabzug, Öl/Büttenpapier,
Blattformat 125 x 238,5 cm, Stockformat 90 x 206,5 cm, Unikat

Grüner Tiger, 2014, Holzschnitt, Handabzug, Öl/Büttenpapier,
Blattformat 125 x 238,5 cm, Stockformat 80 x 206,5 cm, Unikat

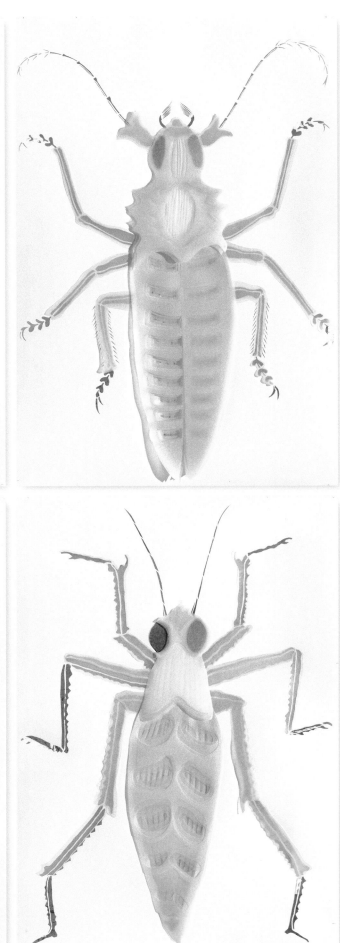

S. 110 – 117 *Insekten*, 2006, Scherenschnitt,
Wachspapier/Büttenpapier, je 100 x 80 cm, Unikat,

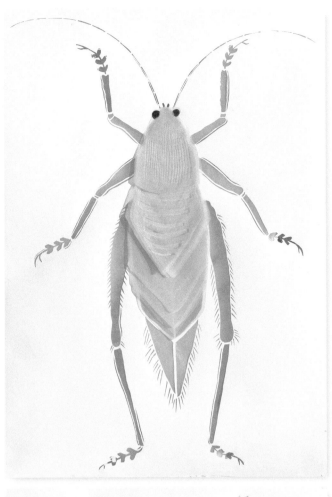

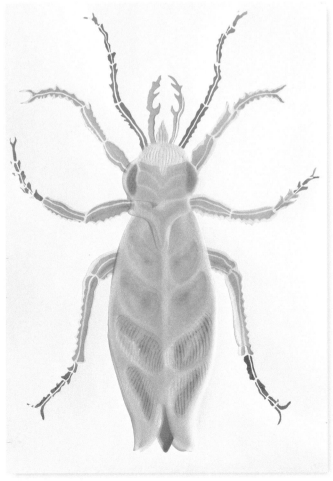

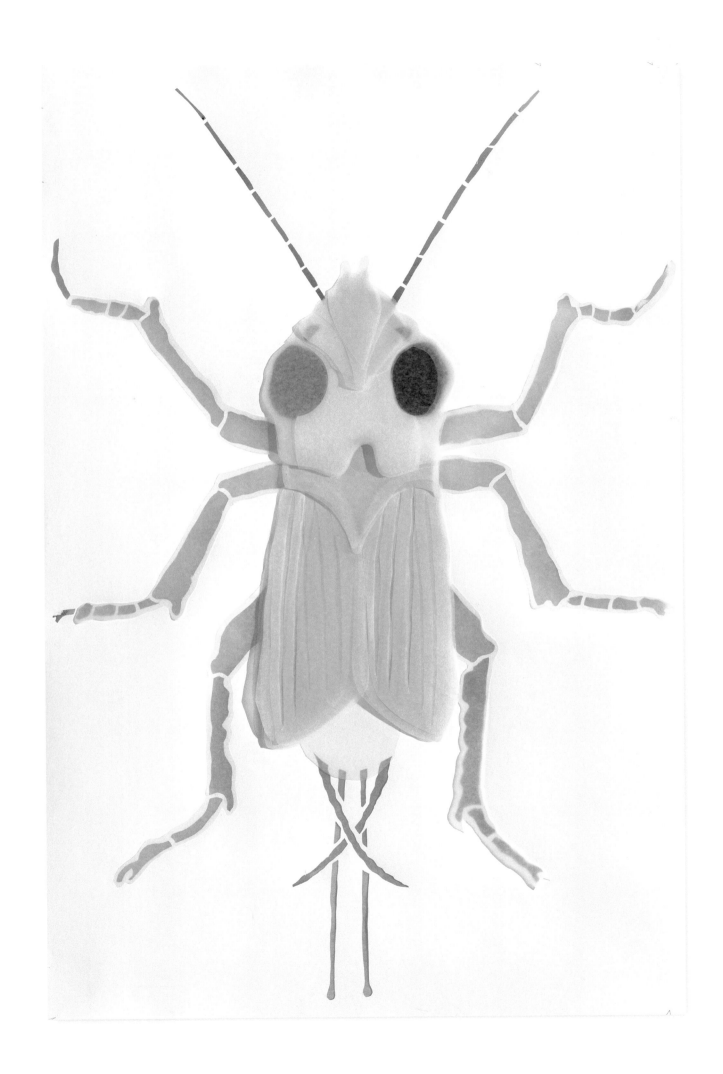

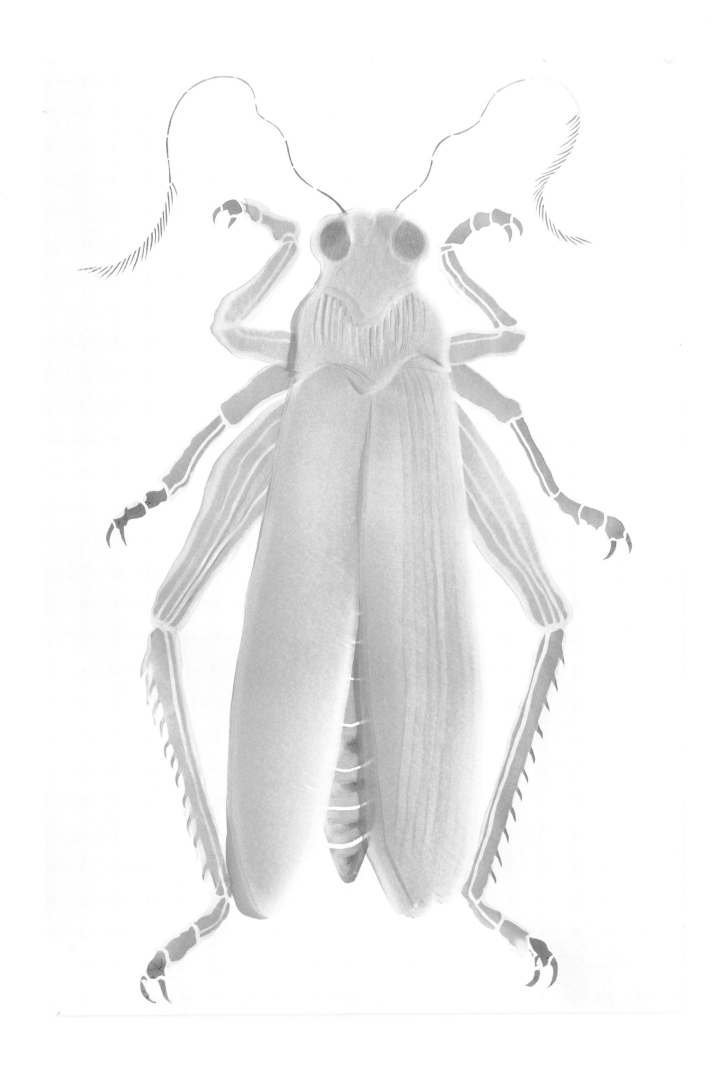

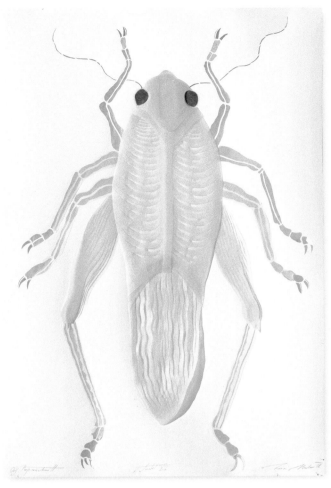

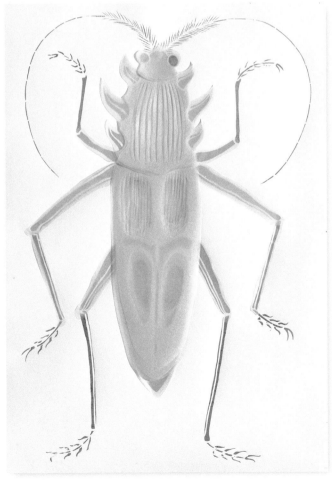

Die Schöpfung ist nicht vollendet, 2009,
Ausstellungsansicht Benediktinerstift Admont Museum

Ausstellungsansicht: *Ity*, 2007, Tammen Galerie, Berlin,
mit Klang Tanja Hemm

Ausstellungsansicht in Galerie der Stadt Villach, 2010, Herbert Mehler und Lisa Huber

Hund, Tiger, 2008, Scherenschnitt,
Pastell/Büttenpapier, je 49,5 x 86 cm, Unikat

124

Windhund, 2008, Scherenschnitt,
Pastell/Büttenpapier, 49,5 x 86 cm, Unikat

Hockerhund, 2008, Scherenschnitt,
Pastell/Büttenpapier, 49,5 x 86 cm, Unikat

126

Dachs, 2008 / 09, Scherenschnitt,
Pastell/Büttenpapier, 49,5 x 86 cm, Unikat

Luchs, Jagdhunde, 2008, Scherenschnitt, Pastell/Büttenpapier
je 49,5 x 86 cm, Unikat

Tiger, 2010, Scherenschnitt, Japan/Wachs/Büttenpapier, je 45 x 75 cm, Unikat

l.: *Weiblich*, 2014, von Lisa Huber, Metall/Stoff/Glas/Papier, 250 x 182 x 102 cm

r.: *Männlich,* 2014, von Nadja Brugger-Isopp, Metall/Stoff/Glas/Papier, 250 x 182 x 102 cm

*Eine künstlerische Annäherung an den mit geheimnisvollen
Zeichen gestalteten Marmorsaal des Atelierhauses von Otto Eder (Hommage)*

Idee war es, diesen Raum 1:1 in den Außenbereich zu übertragen und seine ursprüngliche zweidimensionale Bodengestaltung über die dritte Dimension und eine Tanzperformance zu erweitern.

Neugierig von der dahinter liegenden Symbolik entwickelte sich eine intensive Auseinandersetzung mit der zugrundeliegenden Bedeutung der in den Boden eingebrachten Marmorplatten.

Die quadratische Symbolik mit Zirkel und Winkelmaß als Sinnbild für die „Arbeit am rauen Stein" in diagonaler Ausrichtung zu einer schachtelförmigen Vertiefung im Boden, in der sich ein Schädel befunden haben soll, war ein elementarer künstlerische Ansatz in der Interpretation.

Man sagt, die „Arbeit am rauen Stein" sei eine Voraussetzung um den „Tempel der Humanität" zu errichten.

Der Legende nach wurde dieser Tempel, der von Meister Hiram für König Salomo erbaut wurde, von seinen drei geldgierigen Gesellen vorzeitig bedrängt, um von ihm das Meisterwort zu erfahren. Trotz Gewaltanwendung verriet ihnen der Meister dieses Wort nicht. Meister Hiram wurde daraufhin von seinen Gesellen umgebracht und an einem verlassenen Ort versenkt. Die Gesellen kennzeichneten das Grab mit einem Akazienzweig, dem Symbol des Geistes, der Seele des Lebens und der Unsterblichkeit.

Die geheimnisvolle Vertiefung, übertragen aus dem Marmorsaal, birgt symbolisch den Schädel des Meisters und dieser wird zurück in den Tempel der Weisheit gebracht. Der Tempel zeigt sich als quadratischer Kubus und gewinnt seine Bedeutung über den flächigen Zeichen von Zirkel und Winkelmaß.

Die rechteckigen, geometrischen Darstellungen von Mann und Frau, als betonende Achse im Raum erfahren in ihrer räumlichen Umsetzung körperhafte Präsenz. Linear wirkende Metallkonstruktionen stellen Assoziationen zum schweren Marmorblock dar. Die textilen Installationen weisen in ihrer Stofflichkeit auf Organisch-Sinnliches hin, wobei die Unterscheidung des Weiblichen und Männlichen einerseits durch die Farbgebung, von hell und dunkel, andererseits in ihrer differenzierten Formensprache zum Ausdruck kommt.

Lisa Huber hat für das weibliche Element die Senkrechte betont und in den schichtenförmigen flächigen Ausrichtungen der Textilbahnen das Runde Aufnehmende und Weiche in Form von kreisförmigen Aussparungen rhythmisch aneinandergereiht. Die vielfältigen vom wechselnden Standpunkt aus immer variierenden Durchblicke sollen auf die Tiefgründigkeit der weiblichen Seele verweisen.

Ganz anders und im eindeutigen Kontrast dazu steht die männliche Interpretation von Nadja Brugger-Isopp. Sie nimmt Bezug auf die kubistisch anmutende Bodengestaltung Otto Eders. Spitz zulaufende Dreiecke werden von ihr in den imaginären Raum des Quaders übertragen und zeigen sich darin in dynamischen Linien, glatten und strukturierten Flächen, die wiederum einen eigenen Raum definieren. Auffällig dabei ist das Kantige, impulsiv Männliche, das so seine körperhafte Entsprechung erfährt.

Die Tänzerin Marina Koraiman gibt den beiden Objekten über ihren bewusst ausgerichteten körperlichen Ausdruck Lebendigkeit. Damit setzt sie die ursprüngliche Intention, die Flächigkeit ins Körperhafte zu transformieren um, und erhöht sie noch, indem sie dem Materiellen, sozusagen mit ihrem eigenen Körper, mit ihrem Leben, mit ihrer Bewegung „Seele einhaucht".

Mit dem Band, das in der unendlichen Schleife der liegenden Acht das männliche und das weibliche Prinzip miteinander verbindet und seinen Kreuzungspunkt direkt über dem Symbol der Vereinigung beider Polaritäten bildet, schließt die von den Künstlern versuchte Interpretation des Werks von Otto Eder.

Rauminstallation/Choreographie: NADJA BRUGGER-ISOPP und LISA HUBER
Tanz: MARINA KORAIMAN
Kamera: KARIM SHAFIK
47. Internationales Bildhauersymposion Krastal, 2014

Hommage an Otto Eder, 2014, 47. Internationales Bildhauersymposion Krastal (A);
gemeinsames Projekt mit Nadja Brugger-Isopp, Tanz: Marina Koraiman, Film: Karim Shafik

Weiblich, 2014, Tanz: Marina Koraiman

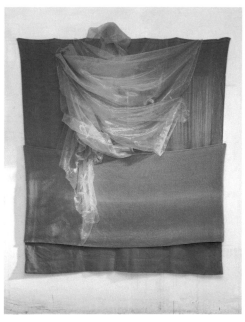  

Sieben Morgende aus Tausend und Eins, 2014,
Foto/Aluminium/Wollstoff/Seide, je 45 x 30 cm

LISA HUBER

geb. 1959 in Villach

Lebt in Berlin, Wien und Villach

1979 – 81	Kunstgewerbeschule Graz, Malerei
1981 – 82	Bildhauerei bei Prof. Pillhofer, Graz
1982 – 88	Universität für angewandte Kunst, Wien, Malerei
1988	Diplom
1988 – 89	Meisterjahr bei Prof. Frohner
1990 – 91	DAAD Stipendium Kunsthochschule Berlin, Prof. Goltzsche
1992 – 93	Gaststudium Universität der Künste Berlin, Prof. Georg Baselitz
1996	Bauholding Kunstpreis (Sonderpreis)
1997	Cité des Arts Paris 6 Monate
1999	Österreichischer Graphikpreis des Landes Tirol (1. Preis)
	Erwin Ringel Kunstpreis (1. Preis)
	Förderpreis des Landes Kärnten
2002	Libyen Reise
2007	Indien Reise

AUSWAHL AUSSTELLUNGEN UND BETEILIGUNGEN SEIT 2001

2015	Eins vom Andern, Arbeiten aus 1996 – 2014, STRABAG KUNSTFORUM, Wien
	Schnitte, Kunstverein Worms
	Singet dem Herrn ein neues Lied, Psalmtuch für die Schatzkammer des Stiftes Klosterneuburg
	Entdecken durch Verhüllen, Fastentuch in der romanischen Klosterkirche Bursfelde
2014	Die KünstlerInnen von St. Martin, Galerie der Stadt Villach
	THE TIGER RAG, Living Studio der Stadtgalerie Klagenfurt
	Living Studio goes private – LISA HUBER, Galerie Edwin Wiegele, Völkermarkt
	47. Internationales Bildhauersymposion Kunstwerk Krastal
2013	Konfrontation VI, Galerie 3, Klagenfurt (mit Suzana Fatanariu und Gästen)
	Hotel Obir, Ausstellungsprojekt Galerie Vorspann, Eisenkappel (Be)
	Fastentuch, Gmünd
2012/13	Der Nackte Mann, Lentos Kunstmuseum Linz (Be)
2012	Papier 3D, Inselgalerie Berlin (Be)
	Fastentuch, Stadtpfarrkirche Gmünd
2011	Kopf über, Museum Moderner Kunst Kärnten Burgkapelle (Tanz Marina Koraiman)
	Landesausstellung Kärnten Glaubwürdig bleiben, 3 Kirchenfenster und Gestaltung der Apsis Fresach
	CUT Scherenschnitte – 20 aktuelle Positionen, Museum Moderner Kunst Kärnten, Klagenfurt (Be)
2010	Tammen Galerie, Berlin (Be)
	ReArt Galerie, Wolfsberg (E)

	Fastentuch, evangelische Kirche Arriach
	CUT, Fondazione Christiane Kriester, Vendone
	Papierschnitt, Städtisches Museum Heilbronn (Be)
	Tendenzen, Galerie in der Schmiede, Pasching bei Linz (Be)
	Schnitte, Haus Reihnsberg (E)
	Galerie Freihausgasse, Villach (mit Herbert Mehler)
2009/10	Kontur pur, Museum Bellerive, Zürich (Be)
	Stift Eberndorf (E)
	Stillleben, Tammen Galerie, Berlin (Be)
	Fastentuch, Stadtpfarrkirche Gmünd (E)
	Die Schöpfung ist nicht vollendet, Kunstmuseum Admont Benediktinerstift (Be)
2008	Ansichtssache, Galerie Freihausgasse, Villach (Be)
	Didi Sattmann und Freunde, Künstlerhaus Wien (Be)
	Tammen Galerie, Berlin (E)
	Fastentuch, Stadtpfarrkirche Gmünd (E)
	Ritter Gallery, Klagenfurt (E)
2007	YTI, Tammen Galerie, Berlin (mit Tanja Hemm)
	Galerie Holzhauer, Hamburg
	Fastentuch, Stadtpfarrkirche Gmünd (E)
	Exitus, Künstlerhaus Wien
2006	Wasser in der Kunst, Künstlerstadt Gmünd, Katalog
	Tammen Galerie, Berlin (Be)
	Künstlerhaus Wien Hausgalerie (mit Margret Kohler-Heiligsetzer)
	Stadtgalerie Osnabrück
	Galerie Holzhauer, Hamburg (Be)
2005	Xylon, Dokumentationszentrum St. Pölten (Be)
	Fastentuch, Schinkelkirche St. Johannis, Zittau
	Visionen, Schloss Wolfsberg (Be)
	Kunsthalle Rostock (Be)
	Art-Center Berlin, Friedrichstraße (Be)
	Kunstmuseum Stift Admont (Be)
	Xylon – Neue Holzschnitte, Deutschland/Österreich/Schweiz
	Holzschnitte, Städtisches Kunstmuseum Spenthaus, Reutlingen (Be), Katalog
2004	Paula's Home, Frauen aus der Sammlung, Lentos Kunstmuseum Linz (Be)
	Granatapfel-Projekt, Galerie Bernd Kulterer, Wolfsberg
	Galerie Carinthia, Klagenfurt
	Holzschnitte, Kirche am Tempelhofer Feld, Berlin
2003	Superintendentur A.B. Kärnten
	Baumannsammlung, Kunstmuseum Lentos Linz (Be)
	Galerie Tammen&Busch, Berlin (Be)
	Historische Säulenhalle, Pfungstadt
	Stillleben, Galerie Tammen&Busch, Berlin (Be)
	Totentanz, Emmauskirche Kreuzberg, Berlin (Kirchentag)
	Fastentuch, Christuskirche Darmstadt-Eberstadt
	Stadtgalerie Wolfsberg
2002	Galerie Amthof, Feldkirchen (mit Klaus Mertens)

Gegenüberstellung Otto Eder, Seeboden (Be)

Künstlerhaus Wien Salon 2002 (Be), Katalog

Galerie Tammen&Busch Sommerausstellung, Berlin (Be)

Sahara, Konrad Adenauer Stiftung (Be)

2001   Galerie Freihausgasse, Villach, Katalog

BETEILIGUNGEN AN KUNSTMESSEN MIT GALERIE CARINTHIA

1993   Art Cologne

1994   Art Frankfurt

1995   Art Cologne

1996   Kunst Wien

1997   Kunst Wien

1999   Kunst Wien, Kunst Innsbruck

Kunstmesse Düsseldorf

2003   Art Frankfurt

2004   Kunst Wien

BETEILIGUNGEN AN KUNSTMESSEN MIT TAMMEN GALERIE

2005   Art Karlsruhe

2006   Berliner Salon

Art Fair Köln (Galerie Holzhauer Hamburg)

2008   Art Karlsruhe

2009   Art Karlsruhe

2010   Art Karlsruhe

Art Position (Be)

Augustiner Kirche Wien, 1998, *Totentanz*

Deutscher Kirchentag Berlin, 2003, *Totentanz*

Lentos Kunstmuseum Linz, 2012, *Der Nackte Mann*